雪菜
illust.
whimhalooo
わたくしの婚約者様は
みんなの王子様なので、
独り占め厳禁とのことです

「なぜ手を握ろうとなさるのでしょう？」

「レティが固まっているから？」

「校内で手を繋いだりしたら、規則違反どころではありませんっ」

「校内じゃなければ、許してくれるの？」

レティシア・アルトリウス

ウィリアム・
ルクシーレ

Contents

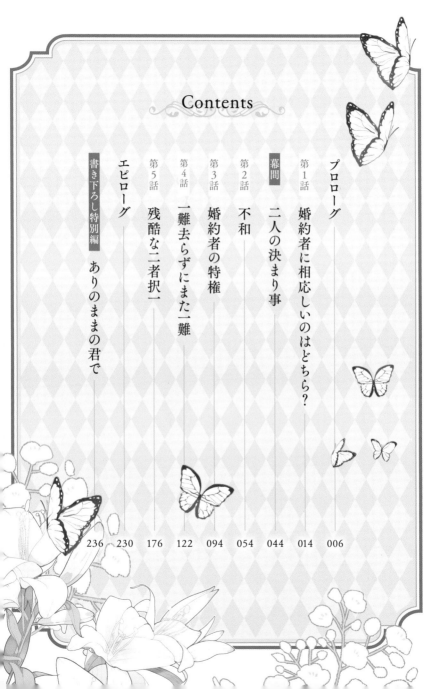

# わたくしの婚約者様はみんなの王子様なので、独り占め厳禁とのことです

雪菜

illust.
whimhalooo

# プロローグ

Prologue

「レティの婚約者様は、今日も大人気ね」

食堂を後にし、教室へと戻る道すがら。廊下で足を止めた友人が、不機嫌たっぷりな声音でそう言った。

レティシア・アルトリウスは睨《にら》むような彼女の視線を追って、窓の外を覗《のぞ》く。九の月《セプト・ディア》も半ばに差し掛かり、蒸し暑かった日々が嘘のように過ごしやすい気候が続いている。うろこ雲が広がった空は爽《さわ》やかで、秋の気配を強く感じた。

視線を下げて中庭を見る。ベンチや芝生に座ってお弁当を広げる生徒は多い。その中で友人が見《み》咎《とが》めた光景は、一目瞭然《いちもくりょうぜん》だった。噴水の周りに設けられたベンチの一つに、生徒が群がっているのだ。育ちのよさそうな令嬢や令息に囲まれて、五月蠅《うるさ》そうに顔を顰《しか》める男子生徒——を、まぁまあとなだめているのが、公爵家の一人娘であるレティシアの婚約者様だ。

遠目からでもすぐにわかる、輝かんばかりの美貌。麦の穂のような淡い金の髪。穏やかな青空色の瞳。模範的に着こなした制服に包まれた肢体《したい》は細身で、十七歳の男性としてはやや華奢《きゃしゃ》。

レティシアが四歳の時に初めましてのご挨拶《あいさつ》をした三つ年上の王太子——ウィリアム・ルクシーレは、今日も麗《うるわ》しい。

教本を手にした令息が、一生懸命ウィリアムに話しかけている。秋季試験が近いから、入学してから現在に至るまで学年首席を維持しているウィリアムに教えを請《こ》うているのだろう。そんな生徒で溢《あふ》れかえっているから、ウィリアムの友人は迷惑そうな顔を隠せていなかった。

当のウィリアムは友人をなだめながら、穏やかな笑みをたたえて目の前の男子生徒に応対していた。和《なご》やかな光景に、レティシアは頬を緩《ゆる》めた。

「未来の旦那様が人気者で、嬉しい限りですわ」

友人であるクーパー男爵家の三女、メリルが呆《あき》れた顔をする。肩にかかるピンクブラウンの髪をうっとうしそうに払い除《の》けて。

「あなたってば、どうしてそう、のんびり屋さんなの？　レティが王国の薔薇《ばら》と讃《たた》えられるほどの美少女なのは事実だけれど。わかっているでしょう？」

腰まで届く艶《つや》やかな銀髪。長いまつ毛に縁取《ふちど》られた薄紫の双眸《そうぼう》。ミルクのような肌。整った目鼻立ち。亡き母の美貌を受け継いだレティシアは、幼い頃から王国で一番可憐《かれん》な花だと持て囃《はや》されてきた。

しかし、この国の王妃に最も必要なのは美しさじゃない。だからメリルは心配してくれていて、こうやって眉をひそめるのだ。王太子の婚約者という肩書きが盤石《ばんじゃく》なものではないという、懸念《けねん》

から。

友人の心配に、レティシアは神妙な面持《おもも》ちで頷《うなず》いた。

「もちろん、わかっているわ」

「わかってないでしょ？」

琥珀《こはく》の猫目が、疑わしげに細まる。

大抵の物事に動じることなくふわふわと微笑んでいるレティシアを、メリルは能天気な子だと思っている節《ふし》がある。そのせいか、レティシアの大真面目《おおまじめ》な返事は楽観的に響いたみたいだ。友人はますます険のある顔つきになった。

「メリルったら、そんな風に眉間《みけん》に皺《しわ》を寄せてはだめよ？　せっかくの美人さんが台無しになってしまいます」

つん、と額《ひたい》をつついたら、手をぺしりと叩かれてしまった。

「馬鹿を言っていないで、よく見て。ほら、あの赤い髪のご令嬢」

もう一度、窓の外に目を向ける。群がる令嬢の中で、赤い髪の女子生徒は一人だけ。胸元で揺れるリボンの色で、レティシアと同じ一年生だとわかった。よくよく見てみれば、愛らしい面立ちには見覚えがある。

「あの方は、確か――」

「彼女が噂の聖女様、アンジェ・メネリック伯爵令嬢よ」

ルクシーレ王国では、聖女と呼ばれる神秘の娘が生まれる。癒《いや》しの力で病《やまい》や怪我《けが》を治癒《ちゆ》する、神に愛されし娘。それが聖女だ。

アンジェの癒しの力は桁外《けたはず》れに強いらしい。他の聖女なら数日かかる怪我の治療を、彼女は一日足らずで治してしまうのだとか。そんなアンジェであっても命に関わる病や怪我の治癒は不可能らしいが。孤児院育ちのアンジェは類稀《たぐいまれ》なる癒しの力を買われ、十二歳の時にメネリック伯爵が養女として迎え入れたのだ。

「本来なら聖女様は教会で人々の治療に勤《いそ》しむもの。だというのに、伯爵はアンジェ様を養女として迎え入れた挙げ句、周囲の反対を押し切ってこの学園に入学させた。のんびり屋さんのレティにだって、伯爵の思惑《おもわく》は読めるでしょう？」

貴族の娘となった以上、それらしい教養を身につけるべき。それが伯爵の言い分だが、表向きの名目であることは明白。アンジェが王室の目に留《と》まることを、伯爵は期待しているのだ。

ルクシーレの国教であるヴィレン教は、その名の由来《ゆらい》通りにヴィレン神を祀《まつ》っている。国の守り神であるヴィレン神は愛情深く、愛妻家と伝えられる神様だ。ヴィレン神に倣《なら》って王族が迎える妻は一人だけ。側室は認められておらず、また、国王に何かあった際は王妃が代わりに政《まつりごと》を担《にな》う。それが長年の習わし。聖女という奇跡の存在が生まれるのは、この伝統を守り続けてきたからだとルクシーレの民《たみ》はみな信じている。

ルクシーレにおける王妃の権限は、とても強い。娘を王妃にしたいのならば教養は必須《ひっす》だ。語学、歴史、経済学、一般常識。両手の指では足りない数の家庭教師を雇い、娘を磨き上げる貴族は多い。

レティシアが通う王立学園は、王国一の名門校。入学した年によって年齢問わずの五期年に分けられる学園には、十四歳から二十歳までの貴族の令息令嬢と、難関とされる入学試験を突破した平民が在籍している。

「神様からの贈り物は、癒しの力だけじゃなかったのね。彼女、入学直後の春季試験では学年で下から数えたほうが早いくらいの順位だったらしいのに、前回の夏季試験では上位五十名に入っていたそうよ。最終学年になる頃にはどこまで伸ばすやら。好成績が続くと、アンジェ様を推《お》す派閥《はばつ》が出てきたりもするんじゃないかしら」

「贈り物だなんて、よくないわ」

メリルの言い分にじっと耳を傾けていたレティシアは、そっと訂正した。

「え？」

「アンジェ様は、ものすごく努力なさったのだと思います。この学園でそれだけの好成績を残すのは、生まれついての頭のよさだけでは難しいですから」

孤児院育ちなら、アンジェは読み書きすらも怪《あや》しかったに違いない。学年は同じだが、アンジェはレティシアより一つ年上だ。たったの三年で授業についていけるだけの知識を身につけ、王国一の名門校で上位に食い込む優秀な成績を収めている。彼女はきっと、血の滲《にじ》むような努力を重ねているはず。神様に愛されているからで片づけるのは、失礼だ。

メリルがハッとしたように唇を引き結び、目を伏せる。

「レティのそういうところ、好きよ。あなたの言う通り、きっとアンジェ様は努力家なのでしょうね。だから心配なの。公爵家の血筋と飛び抜けた美貌はあっても、レティの成績は――」

「いつも平均点？」

春と夏の試験、小テスト。レティシアはいつだって全科目が平均点より一、二点上か下で、優秀な成績とは程遠かった。

メリルのキツイ物言いは、レティシアを案じるが故《ゆえ》のものなのだろう。我が事のように心配してくれる彼女の心遣《こころづか》いは、とても嬉しい。安心してもらいたくて、レティシアは微笑んだ。

「心配しないで、メリル。わたくし、殿下との仲は、それなりになりですから」

「……いい加減な造語を作るんじゃないわよ。レティに危機感がまったくないことがよくわかったわ。婚約者を奪われて泣きを見る日が来ても、慰《なぐさ》めてあげないから」

呆れたようにそっぽを向いて、メリルは歩き去ってしまった。

「あら、まぁ……」

レティシアは、大真面目だったのだけれど。深刻な調子で相槌《あいづち》を打っても、余裕を見せても上手《うま》く伝わらない。コミュニケーションというのはどうしてこうも難しいのか。

「殿下との仲は、本当に問題ないのですけれど……」

再び中庭に視線を向ける。すると、指通りのよさそうな金髪を揺らして、ウィリアムが校舎を振り仰いだ。窓越しにぱちりと目が合う。嬉しい偶然にレティシアがパッと瞳を輝かせれば、彼も口元を緩めてくれた。遠目からでもはっきりとわかる微笑は、学友たちに向けるものとは異なる。親しみと慈《いつく》しみに満ちた微笑み。

この瞬間だけで満足できるから、学園では気安く彼に近寄れないことも、多くの女子生徒が彼に熱い眼差《まなざ》しを向けていることも、レティシアにとっては瑣末《さまつ》な問題なのだった。

## 第1話　婚約者に相応しいのはどちら？

秋季試験を来週末に控えた休日の午前中。レティシアは図書館裏の中庭に設けられたベンチで読書をしていた。

空は気持ちいいくらいに晴れていて、太陽が芝生をまぶしく彩っている。澄んだ空気は肺に心地よい。

本のページを捲《めく》る速度は、緩慢《かんまん》なものだった。ぽかぽかとした陽射しが気持ちよ過ぎて、眠気に抗《あらが》えないせいだ。遠くで響く喧騒《けんそう》は、眠気覚ましにもならない。まぶたがどんどん重たくなっていき、うとうとしていると。

「こんなところで寝たらだめだよ、レティ」

笑いを含んだ、甘い声。

眠気はたちまち吹き飛んだ。顔を上げれば、美貌の青年がこちらへ向かって歩み寄ってくる。レティシアは弾《はじ》かれたように立ち上がった。

「ウィル様っ」

満面の笑みを浮かべ、子供の頃からの癖《くせ》で自《みずか》らの婚約者——ウィリアムに抱きつこうとして。はたと我に返ったレティシアは、慌《あわ》てて踏み出した右足を芝に縫い止めた。誰が見ているかわからないのだから、行儀の悪い行為は控えないと。

両手を広げて受け入れ態勢をとっていたウィリアムが、あれ、と目を瞬《またた》かせる。

「いつもの挨拶《あいさつ》はしてくれないんだ？」

「もう子供ではありませんから」

澄まし顔でそう言って、ベンチに座り直す。

「おかしいな。夏季休暇の時は飛び込んできてくれたのに……。あれからひと月しか経《た》っていないはずなんだけど」

「淑女《レディ》にとっては、そのひと月がとても大きいのですよ？」

ただ人目を気にしただけなのだけれど。この際なので淑女として成長しましたアピールをしてみる。挨拶で抱きつくような子供っぽい婚約者は卒業しました、と。

隣に腰かけたウィリアムは目をぱちくりさせた後、すぐに微笑んだ。慈《いつく》しみに満ちた柔らかな眼《ま》差《ざ》しが、真っ直ぐにレティシアを捉《とら》える。

「確かに、レティは会うたびに綺麗になるよね」

「あ、う……」

聞けたら嬉しいなと思っていた褒《ほ》め言葉が期待よりもド直球で、おまけに愛《いと》おしげに紡《つむ》がれたものだから、恥ずかしさで居《い》た堪《たま》れなくなった。真っ赤になった顔を隠したくて本で視線をさえぎると、ウィリアムはクスクスと笑いだす。レティシアの婚約者様は、相変わらず心臓に悪い人だ。

頰の熱が冷めるのを待ってから本を下ろすと、優しい青空の瞳がレティシアを見守っていた。ずっと見られていたのかと思うとちょっと照れくさい。そんなレティシアの恥じらいに気づいたのか、ウィリアムは甘やかな笑みを引っ込め、柔和《にゅうわ》な表情と共に首を傾《かし》げた。

「何を読んでいたんだい？」

「あ、こちらですわ」

本をひっくり返して表紙を見せると、ウィリアムは意外そうに目を瞠《みは》った。

「レティが恋愛小説？　珍しいね」

「友人の強い薦《すす》めを受けて、嗜《たしな》むようになったのです。ちなみにですね、主人公の令嬢は婚約者から一方的に婚約破棄を宣告される。そんな幕開けが昨今の流行《はや》りだとか。物語冒頭で婚約者からひどい仕打ちを受けながらも逞《たくま》しく生きる令嬢の物語というのは、とても人気があるそうですよ？」

「ええと、その本も……？」

レティシアはにっこりと微笑んだ。

「いいえ？　この小説は恋愛色が薄く、どちらかといえば冒険譚《たん》に近い物語です。婚約破棄などという単語は、一切出てきませんわ」

「不吉な流行りに言及する必要は、どこにもなかったと思うんだけど……」

「王国中の乙女たちの憧《あこが》れの的《まと》であらせられるウィル様ですから、世のご令嬢がどのような恋愛に胸をときめかせているか把握しておく必要があるかもしれませんし、ないかもしれませんので、一応お耳に入れておこうかしらと。いつかこの知識が役立つ時が訪れるかもしれませんわ」

「またいい加減なことを言う……。さっき僕がレティをからかったから、根に持っているんだね?」

「あら? バレてしまいましたか?」

じっとりとしたウィリアムの視線をいなして、レティシアはふふっと笑う。まったくもう、とぼやきつつ、ウィリアムの口元も緩んでいた。気の抜けた彼の表情を前に、レティシアはほわりとはにかんだ。

ウィリアムは、いつ何時《なんどき》でも穏やかに微笑んでいる人だ。王太子という立場の影響力は大きく、彼の言動は簡単に他者の人生を狂わせてしまえる。そのことをよく理解しているウィリアムは、自身の一挙手一投足に気を配り、いつでも柔らかな微笑みをたたえている。それはつまり、常に周囲の目を意識して気を張っているということ。

婚約者であるレティシアと二人きりの時くらい、肩の力を抜ける時間になってくれていたらいいなと思う。聡明なウィリアムのことだから、レティシアの心中などお見通しで調子を合わせてくれている可能性もあるけれど。

合わせるといえば。はたと気づいた。

「ウィル様とこうしてゆっくりお話しできるのはとても嬉しいのですけれど、お時間は大丈夫でしょうか？　図書館にご用があったのではありませんか？」

「僕の用なら済ませた後だから、問題ないよ。レティの方こそ、何か用事があるんじゃないのかい？　君の場合、気持ちのいい陽気だから外で読書をしようとはならないだろうから、ここにいる目的は別にあって、小説を読んで時間を潰《つぶ》しているのかなって思ったんだけど」

　ウィリアムの見立ては大正解だった。

「実は、ウィル様が声をかけてくださるほんの少し前まで、図書館の自習室で級友《クラスメイト》と試験勉強に励んでいたのです。ですが、その……空気の騒がしさに気分が悪くなってしまいまして」

　メリルに誘われて同級生と共にテーブルを囲んでいたのだが。会話が禁止されていない自習室の騒々しさは、想像の埒外《らちがい》だった。

　当てはめる公式が違う。こっちの訳が正しい。わかりやすい参考書はこれ。

　ひりついた会話と熱気にすっかり参ってしまったレティシアは、こんな時のためにと寮から持参した本を抱《かか》えて、図書館から出てきたのだった。

「勉強会が終わりましたら、友人と一緒に学外まで昼食を摂《と》りに行く約束をしているのです。ですから、お昼どきまでここで時間を潰そうかと」

　外の空気を吸ったら気分もよくなったが、戻ったらまた同じことの繰り返しになってしまう。メリルにはベンチで休むと伝えてあるから、勉強会が終わったら迎えに来てくれるはずだった。

「そうだ。ウィル様は『アルヴィオレ』というお店をご存じですか？　学園から徒歩で七分ほどの近場なのですけれど、とても不思議なパンケーキで有名なのだとか。具体的にどこがどう不思議なのかを友人に尋《たず》ねても、今日のお昼を楽しみにしていてとしか回答が得られず……。ですが、わたくしどうしても気になってしまいまして」

パンケーキの専門店らしいから男性は疎《うと》いだろうけれど、交友関係の広いウィリアムなら話が変わってくるかもしれない。

レティシアの食い入るような眼差しを受けて、ウィリアムがクスリと笑みをこぼした。

「ご存じなのですかっ？」

「あ、ごめんね。そのお店は知らないんだけど、レティが楽しそうに過ごしていて微笑ましいなぁと思って」

「それは……」

レティシアはぱちりと目を瞬《しばた》かせた。

「実家と比べれば、どこでも楽しめるかと」

何かを言いかけたウィリアムがふわぁ、と欠伸《あくび》をする。ごめんね、と口元を引き締める仕草に、レティシアは眉尻を下げた。

「ウィル様、寝不足ですか？」

「夜更《よふ》かしすることが増えたから。ちょっと、ね」

「ウィル様の周りに人が多いのは今に始まったことではありませんが、試験前は特に騒がしいように見えます。無理をなさらず、たまにくらいはお一人の時間を作られてはいかがでしょうか？」

人の好《い》いウィリアムは誘いを断るということをしないから、その点が心配だった。

「あぁ、違うよ。時間が足りないわけじゃなくて、試験勉強に励んでいたら自分でも気づかないうちに夜更かししちゃって」

「ウィル様でしたら、そこまで根《こん》を詰める必要はないのでは……？　試験の範囲は、教育係に教わった範疇《はんちゅう》でしょう？」

王太子であるウィリアムは、幼い頃から徹底した英才教育を施《ほどこ》されている。最高峰の学問を提供する学び舎《や》であっても、彼にとってはかつて習った知識の復習が大半のはずだった。

訝《いぶか》しむレティシアの前で、ウィリアムが恥ずかしそうに微笑した。

「そうなんだけどね。ルクシーレの薔薇《ばら》とも謳《うた》われる君が婚約者なのに、情けない成績を取るわけにはいかないから」

ウィリアムが慕《した》われるのは、飛び抜けた美貌や王族としての立ち振る舞いとは別に、こういうところだと思う。王太子という身分に胡座《あぐら》をかいたりせず、立派な人間でいるための努力を怠《おこた》らない。加えて生来の性格も穏やかで貴賎《きせん》の別なく親切なのだから、彼と親しくなりたがる生徒が多いのは自然なことだった。

レティシアは、慕われているウィリアムを見ると嬉しくなる。彼の頑張りが認められている証《あかし》だと思うから。同時に、切なさも覚える。

ウィリアムを慕う生徒はとても多い。彼はそのすべてに平等に笑顔を振り撒《ま》き、その誰にも弱さを見せない。責任ある立場なのだから、弱音を吐いたこともなければ、苦悩する姿を見せたことがない。責任ある立場なのだから、葛藤《かっとう》は多々あるだろうに、だ。婚約者としてウィリアムの心に寄り添えたらいいのだけれど、まだ十四歳の自分では頼りないに決まっている。ウィリアムが甘えてくれるはずもない。二人で過ごす時間が彼にとって気の休まるものになっていますように、と願うことくらいしかできていないのが現状だった。

少し考えてから、レティシアは小首を傾げた。

「それでは、睡眠不足改善のため、今からお昼寝するというのはどうでしょうか？」

「今から？」

「ここに、ちょうどいい枕がありますよ？」

レティシアがぽんぽん、と自分の膝《ひざ》を叩くと、柔和な面差《おもざ》しがほんのりと赤くなる。

「それは、ちょっと……」

恥ずかしいし、と口ごもるウィリアムの困り顔は格別だ。とろけそうになる表情を堪《こら》え、でしたら自室で休んでくださいな、と真面目《まじめ》な顔で進言するのはなかなか難しかった。

◇◇

レティシアの穏やかな学園生活が騒がしくなったのは、翌日のことだった。

学年もクラスも違う女子生徒が六人、休み時間にレティシアを訪ねてきたのだ。その中には先日メリルが話題に挙げた聖女——アンジェ・メネリックの姿もあった。

レティシアが座る席まで真っ直ぐに向かってきた女子生徒たちの中の一人が、厳しい顔で言う。

「アルトリウス公爵令嬢。いくら婚約者だからといって、ウィリアム様と二人きりで過ごすのは重大な規則違反ですわ」

昨日の今日だし、大人数で押しかけてきた時点で用件は察せられていたが。レティシアがウィリアムと二人きりで会っていたことが、彼女たちの気分を害してしまったみたいだ。

すかさず、別の令嬢が追従した。

「学園でのウィリアム様は、みんなのものなのです。これは、公爵令嬢が入学なされる前からの規則。婚約者であろうとも、犯すことは許されません」

メリルから聞いたことがある。

とある令嬢に東屋《ガゼボ》で勉強を教えてほしいと請《こ》われた際、ウィリアムは二人きりで会うことを断った。婚約者がいる身で外聞の悪い振る舞いはできない、と。それ以来、ウィリアムはみんなのものという謎の規則ができあがったのだとか。

彼女たちが勝手に言い張っているめちゃくちゃな規則であっても、レティシアに異論を挟む気はない。学園でのウィリアムがみんなのものだというなら、たまに学外で構ってもらえたらレティシアは充分過ぎるくらいに幸せだ。

心からそう思っているから、レティシアはやんわりと微笑んだ。

「そのような規則があったのですね。存じ上げなくて申し訳ありませんでした。以降、気をつけますね」

「本気でそう思っていらっしゃる？」

「もちろんです」

にっこりと微笑めば、集団の中で一人だけ、眉をひそめた令嬢がいた。

「こう言ってては失礼ですけど、公爵令嬢の笑顔って……なんというか、嘘っぽいのよね。作り笑いに見えて、本心ではまったく違うことを思っていそうといいますか」

「……嘘っぽい、ですか」

レティシアは、心の中だけで苦笑した。

（鋭い方には、そのように映ってしまうのですね……）

嘘どころか、偽《いつわ》りのない本音。だが、指摘が的外《まとはず》れというわけでもない。

レティシアは一般の淑女とは毛色の異なる教育を受けて育った。

常に淑《しと》やかな微笑みをたたえ、愛される女であれ。それは、貴族の家に生まれた娘なら誰もが最初に教わる基礎の基礎。

だが、血筋と容姿の愛らしさから五歳で第一王子の婚約者に選ばれたレティシアは違う。将来、王妃として政務に携《たずさ》わる機会が訪れた際、老獪《ろうかい》な貴族たちと渡り合えるよう日頃から感情を表に出すな。愛嬌《あいきょう》など要《い》らない。それよりも、食えない女であることを優先しろ。レティシアが七歳の時に、父は一人娘にそう説いた。

泣いたり怒ったり、喜んだり。レティシアが感情の起伏《きふく》を見せると厳しく叱責《しっせき》された。感情を押し殺して人形のように過ごす日々が七年近く続いた結果、レティシアは自然な笑い方というものを忘れてしまった。どうしても、笑顔からぎこちなさが抜けきらないのだ。ある人の前を除いては。

おまけに、アルトリウスの秘蔵《ひぞ》っ子として屋敷の外に出してもらえず、訪ねてくる客ともほとんど顔を合わせなかったレティシアは、同年代の貴族の子供との交流が皆無《かいむ》に近かった。深窓《しんそう》の令嬢どころではない。極端に閉鎖的な環境で育ったため、自分と同じ年頃の令息令嬢への接し方は、レティシアにとって未知の領域だったのだ。

令嬢たちが定めた規則を、レティシアは本気で守るつもりだ。他になんと言えば、信じてもらえるのだろうか。

また別の令嬢が、苛立《いらだ》ちを含んだ声音でぼそりと言った。

「確かに、口先だけならなんとでも言えますものね」

「婚約者である自分は特別なのだと、私たちに見せつけたかったのではなくて？　改める気なんて微塵《みじん》もないのでしょう？」

レティシアの困惑《こんわく》を置き去りにして、彼女たちの不満はどんどん膨《ふく》らんでいく。

「だいたい、アルトリウス公爵令嬢がウィリアム様の婚約者であることがおかしいのだわ。美貌と高貴な血筋で次期王妃を選ぶだなんて、ルクシーレではご法度《はっと》でしょうに。宰相閣下《さいしょうかっか》のご息女ですから、陛下も気を遣《つか》われたのでしょうけど。アンジェのほうがよっぽど相応《ふさわ》しいわ」

「アンジェが養子であなたが公爵家の出だなんて……っ」

あら、と目を丸くする。

レティシアを扱《こ》き下ろすためにアンジェを引き合いに出したわけではなく、吐露《とろ》されたのは確かな本音に聞こえた。

「殿下はみんなのものですのに、アンジェ様が婚約者でしたら皆さまは納得されるのですか？」

首尾一貫していない主張を、レティシアは不思議に思う。

「アンジェが殿下の婚約者なら納得がいくもの」

「アンジェの癒《いや》しの力が飛び抜けているのは有名な話だけれど。性格だって素晴らしいのよ。才能をひけらかしたりせず、一学生として謙虚に生活しているわ」

「成績だって優秀ですもの。アンジェはウィリアム様に相応しい令嬢になろうと、日々勉学に励んでいるの」

「神に愛された娘ですものね。加えて努力家なら、私たちだって応援するわ」

次々に飛び出す賛辞に、アンジェは顔を真っ赤にして押し黙っていた。恥ずかしそうに俯《うつむ》く仕草は、とても愛らしい。彼女が学年問わず同性から慕われているのは明白だった。

なんだかウィリアムを見ているみたいで、レティシアの目には眩《まぶ》しく映る。同時に、頭の中の冷静な部分が、彼女たちの本題はこちらだと結論づけていた。王太子の婚約者に相応しいのはあなたではなくアンジェなのよ、と。レティシアに面と向かって言わずには気が済まなかったのだろう。

『好成績が続くと、アンジェ様を推《お》す派閥《はばつ》が出てきたりもするんじゃないかしら』

先日のメリルの忠告が脳裏を過《よ》ぎった。わずか半年足らずでこれだけの人望を集めたのだ。それも、おそらくアンジェは無自覚で。メリルが危惧《きぐ》するのも頷ける。素晴らしい求心力だ。

羨《うらや》ましいな、と思う。アンジェがレティシアにはない素質を持っているのは確かだから。とはいえ、だ。

レティシアはアンジェのつぶらな瞳を真っ直ぐに見据えた。

「アンジェ様は、殿下の婚約者となることを望んでいらっしゃるのですか？」

教室がざわめきに包まれた。レティシアの問いを、彼ら彼女らはどう解釈したのか。

アンジェの陶器のような肌がぽっと朱く染まる。恥じらう仕草を見せながらも、彼女ははい、と。

はっきりと肯定した。

レティシアは小首を傾げる。

「なぜ？」

「え……？」

「なぜ、殿下の婚約者になりたいのでしょうか？」

アンジェのマリーゴールドを連想させる瞳に胡乱《うろん》げな色が滲《にじ》んだが、答えはすぐに返ってきた。

「それが、私にできるお養父《とう》様への恩返しだからです。お養父様は身寄りのない私を引き取ってくれただけでなく、閉鎖寸前だった孤児院への援助もしてくれています。養父《ちち》が王室との縁戚《えんせき》関係を望むなら、私はその目標に向かって頑張りたいんです」

アンジェの健気《けなげ》な言葉に、野次馬と化した生徒たちの何人かが同情の眼差しを向けていた。すっかり感銘を受けている様子だ。王太子の現婚約者が教室のど真ん中にいるにも拘《かか》わらず。この場にいる生徒の幾人かは、王太子の婚約者に相応しいのはレティシアではなくアンジェだと思い始めている。

（アンジェ様が望んでいるのは、王太子の婚約者という肩書きだけ。ウィル様個人を見ていない方に譲りたくないと思ってしまうのは、わたくしが傲慢《ごうまん》なのでしょうか……）

レティシアはウィリアムの正式な婚約者なので、アンジェの献身を無責任に称賛するわけにはいかないし、その言動には思うところもあった。

レティシアに苦情を言いに来るだけなら可愛いものだが、同じことをウィリアムにされては困る。婚約者への非難を耳にした彼の胸を痛めさせたくはない。ここはやはり、彼女たちの思い違いを正しておくべきだろう。

レティシアではなくアンジェがウィリアムの婚約者なら納得がいく。その考えをどのように改めさせるか。素早く思考を巡らせ、心の中でよし、と気合いを入れた。

「アンジェ様の人望は、素晴らしいと思いますわ」

心からの敬意を込めて、言葉を発する。

「ですが、ルクシーレの王妃は求心力だけで務まるものではありません。政《まつりごと》を執《と》り行う際、耳に入る声の多さというのは諸刃《もろは》の剣《つるぎ》となり得ます。提言の取捨選択を誤り、国が傾けば民の心は簡単に離れていくことでしょう。人格者という点でアンジェ様はわたくしより優れているかもしれませんが、だからといってわたくしではなくアンジェ様が殿下の婚約者であるべき、というのは早計かと。寧《むし》ろ、宰相を父に持ち、公爵家の血を継ぐわたくしの方が、殿下の婚約者として妥当《だとう》ではないでしょうか」

赤い猫っ毛を揺らして、アンジェは何度も首を横に振った。

「ルクシーレでは、王妃の出自はさほど重要じゃありません。重視されるのは知性です。過去に国王陛下が平民出の女性を娶《めと》ったという実例もあります。その方は高名な戦術家で、その才覚を当時の国王陛下は高く評価して求婚なさったそうです。驕《おご》るつもりはありませんが、今の私の成績はレティシア様よりも上です。王妃に求められる資質がレティシア様より劣っているとは思いません」

「アンジェが正しいわ。私たちがこの子を推しているのは、成績が最たる要因よ。ルクシーレの王妃といえば、やはり卓越した頭脳が必要だもの。当代の王妃様は、この学園で学年次席の成績を保ち続けた才女。ウィリアム様の婚約者も、同様に賢い令嬢であるべきだわ」

（はい。その通りです）

狙い通りに言質《げんち》が取れたので、レティシアはこの場を強引に収めにかかる。

「では──」

「これは一体、なんの騒ぎだい？」

涼やかな声が、緊迫した空気を滑らかに切り裂いた。振り返れば、教室に入ってくるウィリアムの姿があった。彼の背後に、息を切らせたメリルが立っている。途中から姿が見えないと思ったら、助けを呼びに行ってくれていたらしい。

レティシアは優雅に一礼する。

「ごきげんよう、殿下」

「……何か、揉《も》め事かい？」

「いいえ？　とても平和的な語らいをしておりました」

レティシアがにっこりと微笑めば、ウィリアムはそれ以上追及しなかった。彼は、レティシアを取り囲んでいた集団の中で最も身分の高い令嬢──ヴァルシュタット侯爵家の長女に視線を向ける。

「アルトリウス公爵令嬢は、陛下が定めた王太子《ぼく》の婚約者だ。僕は君たちに学友として敬意を持って接してきたつもりだけれど、僕の婚約者を尊重してもらえないのなら認識を改める必要が出てくる。こんな形で押しかけるのは最初で最後にしてほしい。僕の本意は、わかってくれるね？」

穏やかな声音で紡《つむ》がれた遠回しな叱責は、それでも効果覿面《てきめん》だった。申し訳ありません、としょげ返る令嬢たちを、レティシアは微笑ましく思う。

彼女たちの根っこは善良なのだ。ウィリアムに嫌われては本末転倒だとわかるから、窘《たしな》められたらきちんと反省できる。

アンジェの想いを尊重しているように、レティシアが、ウィリアムの婚約者として非の打ちどころのない令嬢だったなら、彼女たちも不満をぶつけに来たりはしなかっただろう。

「アルトリウス公爵令嬢」

ウィリアムが目線で廊下を示した。話の途中だったが、聞きたかった言葉はすでに引き出している。レティシアはアンジェたちに向かって会釈《えしゃく》し、教室を出た。

ひと気《け》のない渡り廊下まで来たところで、ウィリアムが足を止めた。振り返った彼は申し訳なさそうに言う。

「騒がせてごめんね、レティ」

「謝らないでください。ウィル様の婚約者として、わたくしの至らない部分が目につき過ぎたせいですわ。皆さまが苦言を呈《てい》したくなるのは当然の心理かと。わたくしの過失ですから、ウィル様が負い目を感じるようなことは何も」

「レティが、至らない……？」

ウィリアムが珍しく、くっきりと眉間《みけん》に皺《しわ》を寄せた。女子生徒たちが押しかけてきてすぐにメリルの姿が見えなくなったから、規則のことでレティシアが咎《とが》められた部分しかウィリアムは認知していないのかもしれない。

「ヴァルシュタット侯爵令嬢を筆頭《ひっとう》に、ウィル様の婚約者に相応しいのはわたくしではなくアンジェ様だとお考えの方もいらっしゃるようで……」

「それを、彼女たちは直接レティに？」

レティシアは苦笑で応《こた》えた。見上げた先にある青空めいた瞳が翳《かげ》りを帯びる。面と向かってあなたは王太子の婚約者に相応しくありません、と言われてしまったレティシアの心中を気遣《きづか》ってくれているのだと察せた。

なので、無邪気に言う。

「かねてからお噂は聞き及んでおりましたが、実際に対面したアンジェ様はとてもお可愛らしい方でしたわ。成績優秀で義理堅く、努力家。周囲からの慕われようもかなりのものでしたから、ウィル様に相応しいご令嬢という評判はあながち間違いでも――」

優しい熱が、レティシアの唇に触れる。男性にしては繊細で優美な指先が、レティシアの言葉を止めた。ウィリアムの人差し指に制され、口をつぐむ。

「僕は、婚約者はレティがいいんだけど」

拗《す》ねたような顔が可愛くて、自然と口角が上がってしまう。

「はい、存じております」

レティシアはにっこりと微笑んだ。

「ですので、わたくしは何も気にしておりませんわ。アンジェ様のような人望がわたくしにもあれば、このような騒ぎは防げたかもしれないと思うと……不甲斐ない気持ちにはなりますけれど」

「僕は、未来のお嫁さんに、僕と似た資質が必要だとは思わないよ」

「……はい。そちらも、心得ております」

レティシアは人付き合いがあんまり上手じゃない。でも、得意なこともある。

ウィリアムがお灸《きゅう》を据えたから、彼女たちが今後レティシアに直接不満をぶつけてくることはないだろう。だが、あの場にいた生徒たちの、王太子妃にはレティシアよりアンジェの方が相応しいのではないか、という認識はしっかりと正しておく必要があった。

◇◇

「これは、どういうことかしら？」

廊下に張り出された秋季試験の順位表を見て、令嬢の一人が唇をわななかせた。張り出されたばかりの席次には、一年生の上位成績者二十名の名前がずらりと記されている。

その場に居合わせたレティシアは、たおやかに微笑んだ。

「ご覧になったままかと思います」

一年生首席――レティシア・アルトリウス。席次には、はっきりとそう記されている。

三カ国語、地理、歴史、経済学、一般常識、文学などなど。すべての科目が、満点《パーフェクト》。

呆気《あっけ》に取られていた生徒の一人が、ポツリと呟《つぶや》く。

「公爵令嬢は、もしかしてとんでもなく頭がいい……？」

微笑ましいなぁ、と思う。レティシアが教師を買収したとか、そっち方面には思考が及ばないのだから彼女たちはやっぱり善良だ。もちろん、不正なんて働いていない。正真正銘、実力で取った点数だ。

「王太子の婚約者に、飛び抜けた知性は不可欠ですから」

「え、でも……」

近くにはアンジェもいた。彼女は困惑した顔で口ごもる。

過去の成績はお世辞にも褒められたものじゃない。言葉を濁したアンジェに、レティシアは悠然と答えた。

「満点なんて取れて当然のものよりも、全科目平均点の方が、難易度が高いと思いませんか？」

実家への複雑な想いから、レティシアは試験で特殊な試みをしていた。生徒たちの学力を読み、各問題の配点を予想して、あえて平均点を狙いにいっていたのだ。

黙り込んだアンジェも、周りの令嬢たちも、レティシアの言葉の意味をすぐには理解しかねたよう。しきりに首を傾げている彼女たちの顔に理解が及んだのを見計らって、レティシアはアンジェと彼女の友人たちに告げた。

「先日、皆さまはこうおっしゃいました。王妃となる者に最も必要なのは知性であり、賢い女性が殿下の婚約者となるべきだ、と」

自分たちの発言を持ち出され、令嬢たちは黙り込む。異論を挟む余地はないはずだ。

彼女たちから視線を外して、アンジェに向き直る。

「アンジェ様の呑み込みの早さには舌を巻きますが……奇遇なことに、物覚えのよさにはわたくしも自信があるのです」

レティシアは席次を凝視《ぎょうし》した。最初から最後まで、記された文字をじっと目で追ってから、くるりと成績表に背を向ける。アンジェの大きな瞳を見つめながら、レティシアは言葉を発した。

「学年次席、星組カインツ・ハワード。総合得点一一二八点。ケネス語九〇点、ランリール語九四点、ヴァルレッジ語八九点、地理九六点――」

三位、四位、五位と上位から順番に。クラス、名前、総合得点、それぞれの科目の点数をレティシアがスラスラと読み上げていくたびに、順位表を目で追うアンジェの目に浮かぶ驚愕《きょうがく》の色が濃くなっていく。

「二十位、空組ケネス・タイランド。総合得点――」

諳《そら》んじ終えたレティシアは、啞然としているアンジェを見つめたまま首を傾ける。

「合っておりましたか？」

「…………」

答えは返ってこなかった。間違えていない自信があったので、本題に入る。

「わたくし、暗記が大得意なのです。一度読んだ本の文章を一言一句違《たが》えることなく暗唱できる程度には。いかがでしょう？　現実的に考えて、アンジェ様の努力が実を結ぶ日は訪れると思いますか？」

記憶力のよさがそのまま頭のよさに繋がるわけではないけれど。覚えた知識を応用する力があることも、試験の点数で実証済み。

この先アンジェが膨大《ぼうだい》な時間を勉学に捧《ささ》げたとしても、レティシアは常に先を行くのだ。

柔らかそうな唇を震わせたアンジェの顔は真っ青だ。彼女は何も言わない。周りの生徒たちも。

「そういうわけですので、アンジェ様。その努力はどうか、報《むく》われる見込みのある目標に向けて注いでくださいませ」

王太子の婚約者になるという目標を掲げてこの先も学業に打ち込むのなら、はじめからその努力は報われないとわかっていたほうが傷は浅くて済むだろう。わかった上で養父の意向に沿いたいとアンジェが望むなら、それは彼女の自由だった。

◇◇

休日の昼下がり。かねてより約束していた観劇をウィリアムと楽しみ、天気もよかったので散歩がてらに立ち寄った公園のベンチで。レティシアは悩ましげな吐息《といき》をこぼした。

「あれから廊下でアンジェ様とすれ違うたびに、なんだか怯《おび》えた眼差しを向けられるのです。物語の悪役令嬢になった気分ですわ」

解《げ》せない。レティシアはただ、学業で己《おのれ》がアンジェに後《おく》れを取る日は来ないと示しただけなのに。

「悪役令嬢？」

隣に座ったウィリアムがきょとんと瞬《まばた》きする。あっ、と気づいた。恋愛小説の用語がウィリアムに伝わるはずない。

「悪役令嬢というのはですね、恋愛小説によく出てくる主人公の恋路《こいじ》に立ちはだかる悪役なのです。家柄や身分を笠《かさ》に着て、主人公をいじめたりして……つまり、とても意地悪な令嬢ですわ」

「レティは天然で悪女だからな。素質はあるのかも？」

否定しきれない気がして押し黙ると、ウィリアムはクスリと笑んだ。

「嘘だよ。レティは優しい子だから、誰かを虐《しいた》げたりなんてするはずがないもの。僕の自慢の婚約者だし、アルトリウス公だって自慢の娘だと思っていらっしゃるよ」

「前者は信じますが、後者は怪《あや》しいものですわ。お父様はわたくしをアルトリウスの最高傑作とお考えでしょうけど……娘として自慢に思っていらっしゃるかどうかでは、話が変わります」

父にとって、レティシアは王家への忠義を示すための道具に過ぎない。彼から愛情を感じたことは、十四年の人生において一度としてなかった。幼い頃からレティシアに愛情を注いでくれたのは、目の前のウィリアムだ。

レティシアは天才的な記憶力を持っている。目で見た映像に対する記憶も人並み以上に優れているのだが、ことに卓越しているのは一度読んだ文章は忘れないという部分だ。物心ついた時には備わっていたこの才能を、父は徹底的に磨き上げようとした。

王太子の婚約者に選ばれたその日から、淑女教育の合間に来る日も来る日も本を読まされた。思想書、法学書、歴史書、医学書。ありとあらゆる分野の書物を記憶させられた。だが、文章を覚えているからといって、そのまま教養として身につくわけではない。知識として頭の中に入ってはいても、理解をしていないため、応用ができないのだ。

例えば法学書。ルクシーレの法をすべて暗記していたとしても、例題を出された時、どの罪状が適切なのかと問われても回答ができない。

語学に関しても、記憶力はあまり役に立たなかった。異国の文字を目で追っても、そもそも何が書いてあるかがわからなくて、レティシアは記憶することができなかった。また、耳から入る情報を記憶する能力は人並みなので、外国語の発音や聞き取りは習得するのに相応の時間を要した。

ピアノだって、楽譜は簡単に暗譜できても、教育係の指の動きまでは再現できない。ダンスも同じ。

父はとても厳しい人で、レティシアに完璧を求めた。朝から真夜中まで家庭教師がつきっきりの、息が詰まるような毎日。窒息《ちっそく》しそうな日々の中で、ウィリアムと過ごす時間だけがレティシアのよすがだった。

父の厳しさを補うように、ウィリアムはレティシアをたっぷりと甘やかしてくれた。ウィリアムが頑張ったね、と頭を撫でてくれたから地獄のような日常に耐えられたし、彼の前でだけは心から笑うことができた。

ウィリアムに向ける笑顔だけは混じりけのない本物だから、人々はレティシアを王国で一番可憐《かれん》な少女だと褒めそやすのだ。

「……お父様は、わたくしに興味などないのですから。自慢も何もありません」

ウィリアムが困ったように眉尻を下げる。

「レティが試験を平均点に抑えていたのは、公爵の反応を試していたのかい？」

「……はい。ウィル様のご推察の通りです」

我ながら、子供っぽいことをしたと反省している。

完璧な点数でなければ叱られるのか。それとも、わざと平均点を狙うレティシアの能力を汲《く》み取って、お説教はしないのか。父がレティシアにどこまでの興味を持っているのか推し量れたりするのではないか、なんて期待して。

「……夏季休暇で帰省した際、公爵は何かおっしゃっていた？」

レティシアはかぶりを振った。

「成績表は父の執務机に置いておきましたが……無反応でした。わたくしへの興味は、やっぱりないのだと思います」

幼い頃は父に褒めてもらいたくて一生懸命だった。今はあの頃ほどの熱はもうない。時々ふと思い出したように試したくなっては、無反応でやっぱりなと思うだけ。がっかりしたくないなら試さなければいいのに。頭ではそう思うのに、なぜか気まぐれを起こしてしまう。未練がましくて情けなかった。

「そんなことないよ。本当に興味がなかったら、そもそも君を学園に通わせたりしないよ。レティを信頼しているから、何もおっしゃらないんだよ。君に申し訳なく思っているから、レティを学園に通わせてほしいって僕の頼みを、公爵は了承してくださったんじゃないかな」

王立学園への入学は、父の描いていたレティシアの人生設計には含まれていなかった。五歳の時から英才教育を施してきた娘が学ぶ知識など、学園の授業では得られそうもないからだ。

父の気が変わったのは、昨年の春のこと。

『知性でレティに勝る令嬢はいないけれど、社交性を軽んじ過ぎては将来外交の舞台で支障を来《きた》す恐れもある。レティを王立学園に通わせて、そちらの分野も磨くのはどうか』

そんなウィリアムの案に、父は最終的に頷いたのだった。

「父の偏《かたよ》った教育が誤りだったと気づいただけではありませんか？　男性と女性では、求められるものが違いますもの。おかげでわたくし、とても苦労しております」

昨年の秋。レティシアは見学のため、王立学園を一度だけ訪れた。王太子の婚約者であり、アルトリウスの秘蔵っ子と呼ばれる有名人でありながら、その姿をほとんどの貴族が目にしたことのない、ある意味では希少種のような存在だったレティシアは、自然と注目された。

そして。

『ウィリアム様の婚約者があんな無愛想で可愛げのない令嬢だとは思わなかった。婚約者があれでは、ウィリアム様がお可哀想だわ』

そんな感想を、通りがかりに聞くこととなった。

陰で婚約者がこんな風に言われていると知ったら、ウィリアムが胸を痛める。彼を悲しませるのも、彼に恥をかかせるのも嫌だった。

そこでレティシアは決意したのだ。可愛げのない令嬢という印象を必ず払拭《ふっしょく》してみせる、と。

母親譲りの美貌をみんな褒めてくれるから、見学の際にすれ違った令嬢たちのように淑やかな微笑みをたたえていれば、可愛げがないなんて言われないはずだった。はずだったのだけれども、レティシアが卒なく学園生活を送れる日は、まだまだ遠そうだった。

「入学前、鏡の前で一生懸命笑顔の練習をするレティはすごく可愛かったよね」

「先日、わたくしはその笑顔が嘘っぽいと言われました！」

ニコニコと笑っているウィリアムを、きっと睨《にら》み据え――レティシアは、へにゃりと眉尻を下げた。

「いっそのこと、ウィル様を持ち運ぶことができたら……。ウィル様の前でしたら、わたくしは自然に笑えますもの」

彼を視界に入れるだけで、レティシアは自然と唇が綻《ほころ》ぶ。めちゃくちゃな提案にウィリアムは苦笑いするかと思ったのだが。クスリと笑みをこぼした彼は、緩やかに首を横に振った。

「その提案は却下、かな」

「なぜでしょう？」

非現実的な喩《たと》え話なのに、つい真面目に尋ねてしまった。

「レティが僕だけに見せてくれる笑顔はすごく可愛いから、独り占めしたいっていうのが本音なんだ」

「お心の広いウィル様にそのような独占欲があるとは思えません。わたくしを甘やかすための方便でしょう？」

「んー、どうかな？」

彼の口元に浮かんでいるのは、からかうような笑みだ。やられっ放しは悔しいから、レティシアは反撃を試みる。

「ところで、ウィル様。わたくし、ご褒美《ほうび》が欲しいのです。初めて首席の成績を収めたお祝いをくださいませんか？」

「レティがおねだりなんて珍しいね。もちろん。僕に用意できるものなら、なんだっていいよ」

嬉しそうに笑うウィリアムは、やっぱり人が好い。そしてレティシアは彼が指摘した通りに悪女なので、言質を取った上で。

「では、ウィル様。わたくしに膝枕をさせてくださいな」

彼が心の底から困るであろうおねだりをしてみた。

「え」

固まってしまった婚約者様に、とろけるような笑みを向ける。

「ウィル様、先ほどなんでも、とおっしゃいましたよね？」

「言った、けど……」

恥ずかしいから、せめて別の機会に――なんて逃げようとするウィリアムを追い詰めるのは、レティシアにとってこの上なく幸せな時間なのだった。

## 幕間　二人の決まり事

来月十一歳の誕生日を迎えるウィリアムには、可愛らしい婚約者がいる。

政略的な婚約ではあるものの、二人の仲は周囲の大人たちが顔を綻《ほころ》ばせて見守るくらい良好なもの。会うたびにウィルさま、ウィルさま、と嬉しそうにあとをついてくる婚約者を、一人っ子のウィリアムは妹がいたらこんな感じなのかなと微笑ましく思っていた。

将来夫婦になるというのは、いまいちピンとこないけれど。王太子として目まぐるしい毎日を送るウィリアムにとって、二週間に一度の婚約者との時間は癒《いや》しだった。おそらくそれは、彼女にとっても。

そんな天使のように愛くるしい婚約者――レティシアの様子が、この日はおかしかった。

宮女を伴って王宮の庭園に顔を見せたレティシアは、出迎えたウィリアムの前で挨拶《あいさつ》の言葉を口にし、お辞儀する。その時点で異変に気づいたウィリアムは、眉をひそめた。

絹糸のような銀髪を揺らし、スカートをつまんで膝《ひざ》を折る一連の動作は板についていて、まだ七歳なのに見惚《みと》れるくらい優雅なもの。それはいつも通りなのだけれど。

普段のレティシアなら、まず勢いよくウィリアムに飛びついてくる。非公式な場だからこその彼女の甘えをウィリアムが形だけ窘《たしな》めて、それからきちんと挨拶を交わす。それが二人のいつものやり取りなのだ。

それに、レティシアの表情だって。愛らしい顔に無邪気な微笑みをたたえて挨拶を口にする彼女が、今日は神妙な面持《おもも》ち。格式張った挨拶は、何から何までレティシアらしくなかった。

頭一つ分ほど下にある彼女の顔を、ウィリアムはじっと見つめる。

「どうしたの？」

え、と瞠《みは》られた紫苑《しおん》の瞳を覗《のぞ》き込んで、違和感をそのまま口にする。

「今日はなんだか、いつもと違うね。よそよそしい感じがする」

「婚約者といえども節度を守るべきだと、気づいたのです」

レティシアはものすごく頭がいい。天才的な記憶力と知識に対してスポンジみたいな吸収力を持つ彼女は、すでに十二、三歳並みの教養がある。同年代の貴族の子供ならやっと読み書きができるようになったくらいだろうに。

自然と言葉選びも七歳らしからぬ大人びたものになるのだが、同じ年頃の令嬢と比較しても小柄な部類に入るレティシアは年齢以上に幼げだから、人によってはちぐはぐに映るかもしれない。

「挨拶はそうかもしれないけど、いつもの元気はどうしたの？　具合が悪い……わけじゃない、よね？」

柔らかそうな頬は血色《けっしょく》がいいし、無理をしているといった様子は見られない。それでも念のために確認すると、レティシアが慌《あわ》てて言う。

「わたくしは、元気いっぱいです」

真面目《まじめ》な顔で主張するレティシアだけれど、信憑性《しんぴょうせい》はまったくない。いつもの彼女はもっとにこにこ笑って話す、溌剌《はつらつ》とした子なのだから。

「何があったか、僕には内緒なの？」

追及の手を緩《ゆる》めないでいると、愛らしい顔が困ったように曇った。レティシアにこんな顔をさせてしまうのは不本意だけれど、ウィリアムは聞いておくべきことだと直感していた。

スカートの前で指を組み合わせ、まごついていたレティシアは、ウィリアムが引かないと悟ったのか、観念したように口を開く。

「お父様が……」

「うん」

「これからは、いかなる時でも無表情を意識しなさいって。お前は考えていることがすぐ顔に出るから、将来のために今のうちから徹底しておけと……」

無表情というには顔色の変化ははっきりしてはいたが。それでも、いつもの彼女に比べれば、確かに表情は乏《とぼ》しいほうか。

腑《ふ》に落ちたウィリアムは、厳《いか》めしい公爵の顔を思い浮かべる。

レティシアの父クラウスは、王国の宰相《さいしょう》だ。ずば抜けた政治手腕を持つクラウスは切れ者であり、国王夫妻から絶対的な信頼を寄せられている。レティシアの美貌は彼女を産んですぐに亡くなった母親譲りだが、明晰《めいせき》な頭脳は紛《まが》うかたなく父親の血を引いたからだ。

常に威圧的な空気を放っているクラウスは、ウィリアムの前ですらにこりともしない。ウィリアムの周りには良くも悪くもわかりやすい、おべっかばかりの大人が多いのだけれど、クラウスは仮面をつけているみたいにいつだって表情が変わらない。何を考えているのか、まったく読み取れない人だった。

彼は、レティシアにもあんな風になることを求めているのか。

ウィリアムに何かあった際、政《まつりごと》の中心となるのは王妃だから、言わんとすることはわからないでもないけれど。

だからといって、レティシアらしさを無理やり押し込めて理想を押しつけるのは、違う気がする。母親のいないレティシアにとって、公爵の教えがすべてなのに。

というか、まだ七歳の子供に笑うな、怒るな、泣くな、なんて酷な要求だ。レティシアは素直な子だからどうにか実践《じっせん》しようとするだろうし、というか、その結果が今日なのだけれど。

実父の期待に一生懸命応《こた》えようとしているレティシアを見るたびに、ウィリアムはやるせない想いを抱《かか》えることになるのだ。

「あの。ウィルさまは、わたくしを嫌いになってしまいますか……？」

「え、どうしてっ？」

不安げな表情でそんなことを問われたものだから、ウィリアムは面食らった。長いこと黙り込んだことが、彼女の不安を煽《あお》ってしまったのだろうか。

レティシアはつぶらな瞳をじっとこちらへ向けてくる。

「殿方は、可愛いらしい奥さまをお好みなのでしょう？　だから貴族の家に生まれた娘はみんなお淑《しと》やかな微笑みを身につける必要があるのだと……ずっと前に、マナーの先生から教わりました。でも、お父様がわたくしに求めているのは――」

「僕がレティの前でまったく笑わなくなったら、レティはどう思う？」

大きな瞳があどけなく瞠られた。ウィリアムが話をさえぎったから、レティシアは驚いたみたいだ。

問いかけに対する彼女の返答は、早かった。

「とても、心配になります。ウィルさまは笑顔でいることの多い方ですから。無理をなさっているんじゃないかしらと……」

笑顔でいるのが多いのは、それが王太子の振る舞いだという教育を受けてきたからだ。いつでもどこでも、どんな時でも。優雅に微笑んで感情を抑え込み、好感も嫌悪も読ませないようにする。王族とは、常に中立であるべき。決して角を立ててはいけない。そう教わったから、ウィリアムは穏やかな笑みを絶やさないように意識しているのだ。

だが、レティシアの笑顔は違う。お淑やかというより人懐《ひとなつ》っこくて屈託のない笑みは、彼女の気質をそのまま体現している。淑女の嗜《たしな》みなどというものとは関係なく、レティシアはよく笑う明るい女の子なのだ。

「そっくりそのまま、同じことが言えるよ？　レティが公爵の言いつけ通りに笑ったり悲しんだりしなくなったら。僕は嫌いになるとかじゃなくて、心配になる」

柔らかな声音を意識して、ウィリアムは思ったままを伝える。

「僕はレティと過ごしているあいだ、ずっと心配な気持ちでいっぱいになるんだ。本来の、天真爛《てんしんらん》漫《まん》なレティを知っているだけにね。想像するだけで、辛《つら》いな」

苦笑すると、レティシアは困り果てた顔になった。

「ウィルさまの悲しいお顔は、見たくありません。でも、お父様の教えを、無視するわけにもいきません……」

ウィリアムの一存でやめさせたら、公爵はレティシアを厳しく叱責《しっせき》するだろう。かといってウィリアムが公爵に抗議したところで、軽くあしらわれて終わり。どうすることもできない。それは、今回に限った話ではなく。

公爵邸で、レティシアに自由な時間はない。朝から晩、時には明け方近くまで、彼女は苛烈《かれつ》な英才教育を受けているのだ。公爵邸で過ごす時間に比べれば、王宮での時間なんて刹那《せつな》にも満たない。レティシアの日常を想うと、ウィリアムは心配でならない。

ウィリアムも自由とは程遠い生活だが、彼女と大きく違う点がある。両親からの愛情を疑ったことがないウィリアムとは異なり、レティシアは父親からの愛情を感じたことがない。父親からの愛が見えないから、従順な娘でいようと一生懸命なのだ。期待に応えれば父親の目に映ると、信じているから。

彼女の想いは理解しているけれど、容認できるかどうかは別の話だった。

「僕と二人だけの時は、公爵の言いつけを忘れられたりしないかな？」

「え？」

「困らせてごめんね。でも、僕はレティの笑顔が好きなんだ。レティの笑った顔を見ると、剣の稽《けい》古《こ》とか勉強とか、頑張ってよかったなって気持ちになれる。レティから笑顔が消えたら、辛いよ」

レティシアに強《し》いる負担を思えば、父親の教えを守らせるのが正しいのかもしれない。わかっていても、どうしても、受け入れられなかった。感情をずっと殺して生きていくなんて、地獄だ。ウィリアムがここで黙ってしまったら、レティシアが辛い時、気づける人間がいなくなる。彼女は一人で泣くことになるのだ。

透き通った瞳とどれくらいのあいだ、見つめ合っていただろう。最終的に、レティシアはこくりと頷《うなず》いた。

「ウィルさまが、お望みなら。使い分けできるよう、頑張ってみます」

理想の王妃に育て上げるため、行き過ぎた教育を父親によって押しつけられているレティシア。

彼女を心配する気持ちに偽《いつわ》りはないのに、やっていることは公爵と同じでやるせない。

その内心を表情に出さないよう精一杯の笑みを浮かべて、ウィリアムはレティシアの小さな手を取った。

「よかった。それじゃあ、遊ぼうか。母上がレティのために取り寄せてくれた絵本が届いたんだ。すごく凝《こ》った仕掛けの本だからレティも気に入ると――」

繋いだ手に伝わる、引っ張られるような感覚。振り返ると、レティシアが真剣な面持《おもも》ちでウィリアムを見上げていた。

「レティ？」

視線が絡《から》むと、彼女は凜《りん》とした声で言う。

「わたくしも、ウィルさまの笑顔が大好きです」

たぶんそれは、レティシアにとってとても大事なことだったのだろう。見つめてくる瞳はひたむきだ。

どのような意図の下《もと》に発せられた言葉なのかは、レティシア本人にしかわからない。それでもなんとなく、本当にただ漠然《ばくぜん》と、わかる気がした。ウィリアムの努力に対する、敬意だと。

「ありがとう」

お礼を口にすると、レティシアが嬉しそうに笑う。花が咲くような笑顔は、誰が見たって見惚れるに違いない、可憐《かれん》なもの。

公爵の教育方針にはまったく賛同できないけれど。この笑顔は独り占めして、誰にも向けてほしくないなと思ってしまったことは、ウィリアムだけの秘密だった。

## 第2話　不和

八時五分。早くも遅くもない時間に登校したレティシアは、鞄を机に置き、すぐにメリルの席へと向かった。

教室はいつも通り騒がしかったが、レティシアの登校に気づいた生徒が何人か、ちらちらと視線を寄越《よこ》してくる。秋季試験の成績が張り出されてから、こんな風に遠巻きに窺《うかが》われることが増えた。

「おはよう、メリル」

「おはよ」

本から顔を上げた彼女の前で、レティシアはくるりと一回転した。スカートの裾《すそ》と長い髪がふわりと躍《おど》る。

「何か、気づくことはありませんか？」

「……特には」

メリルの反応は鈍《にぶ》かった。

「髪留《かみど》めです、髪留め。何か、気づきませんか？」

今日のレティシアの髪型はハーフアップだ。結び目で揺れるリボンとは別に、蝶をモチーフとしたバレッタが側頭部を飾っている。立体的な蝶の細工は繊細で、青い翅《はね》を優雅に伸ばしていた。

「ないわね」

ばっさりだった。

「昨日、外出した際に殿下が贈ってくださった物なのです。綺麗な青色でしょう？　なんと、殿下の瞳と同じ色なのですっ」

レティシアが満面の笑みで力説すると、メリルは怪訝《けげん》な面持《おもも》ちになった。

「レティってば、どうしちゃったの？　あなたが殿下との仲を匂わせてくるなんて……。殿下の話題すら滅多《めった》に口にしなかったのに」

「メリルに色々と心配をかけてしまったでしょう？　ですので、わたくしと殿下の仲に問題はないということを証明しておこうかしらと」

「それなら先日の一件で十分にわかったわよ。あぁ、先日の一件といえば。どうしてお馬鹿さんのふりなんてしていたの？」

レティシアは眉をひそめた。

「そんなふり、していないわ。あれはわたくしが突き詰めに突き詰めて到達した、知性の示し方の究極系です」

父の愛情を確かめたくて点数を操作していました、とは言いにくかった。なので、最大限に濁して答える。

二度の試験はレティシアなりに真剣に挑んだ結果なのだから、手を抜いたりしていないし、お馬鹿さんのふりをしていたわけでもない。

「ということは、レティのそれは素《す》なのね」

「それ」

どれのことか、さっぱりわからない。

「名家の令嬢としては変わり者ってことよ。別に悪い意味じゃないわ」

「褒《ほ》め言葉ということ？」

「そうね。悪い意味じゃないわけだから、きっと褒め言葉よ」

「なあに、それ……」

よくわからないが、メリルは何かを納得したようだった。まったく意味が伝わってこなくて大きく首を捻《ひね》っていると。

「ねえ。そこ、邪魔なんですけど。通路に立たないでくれませんか？」

険のある女子生徒の声がかかる。振り返ると、不機嫌そうな瞳がレティシアを睨《にら》んでいた。

背丈《せたけ》はレティシアと変わらないが、制服に包まれた肢体《したい》は折れそうなくらいに細い。毛先の癖《くせ》が強いブルネットの髪、鼻周りのそばかす。全体的に素朴《そぼく》で、真面目《まじめ》そうな女の子だ。

彼女はルーシー・ハーネット。ハーネット男爵令嬢である。会話を交わしたことはないけれど、休み時間の大半を自習して過ごしている、勉強熱心な子という印象があった。

「まあ。失礼いたしました」

机と机の間隔は広く、生徒が二人並んでも通路を完全に塞《ふさ》ぐには至らない。通るのに支障があったとも思えないのだが、通路に立っていたのは事実。レティシアは慌《あわ》てて端に寄った。

ふんっ、と鼻を鳴らしてルーシーは席に向かっていく。話したこともないのに、なんだか攻撃的な態度だった。

席についたルーシーはさっそく教本を開き、真剣な眼差《まなざ》しで目を落とす。よく見かける姿だった。

「あらまあ。あからさまね」

メリルのぼやきに、レティシアはきょとんと首を傾《かし》げる。

「あからさま?」

「彼女、レティが他の生徒を見下していた性悪《しょうわる》だってご立腹なのよ。ほら、レティってばわざと試験の点数を落としていたでしょ? そのことで怒っているみたい。寮の食堂で悪態をついていたわ。夏季試験までは女子生徒の学年トップは彼女だったから、単なるやっかみでしょうけど」

「まぁ」

レティシアはふふっ、と笑ってしまった。似たような評価を聞いたばかりで、偶然が可笑《おか》しかった。

「どうして楽しそうなのよ」

「先日、殿下にも言われましたの。わたくしは天然で悪女だと」

「あの方、女性にそんなことを言うの？」

ウィリアムにちょっぴり偏見を持っていたメリルだったが、先日の一件で認識を改めてくれたみたいだ。鼻持ちならない王太子から、婚約者を大切にしている先輩に格上げとなったらしい。

「わたくしと殿下の仲が良好だからこその、ちょっとした戯《たわむ》れですわ」

「はいはい、ごちそうさま」

流石《さすが》にアピールし過ぎたみたいで、メリルは付き合っていられないといわんばかりに本に目を落とすのだった。

◇◇

週始めの午後は、二クラス合同の特別授業から始まる。女子生徒は薔薇《ばら》の温室で社交性を養うためのお茶の時間《ティータイム》。男子生徒は剣術の授業だ。

お茶の席割りは毎週ランダムで決まる。今日のレティシアのテーブルは奇遇なことに、朝話題に挙がったルーシーと一緒だった。同じテーブルには他に三人の女子生徒がいたが、誰が紅茶を淹《い》れるか話し合うまでもなく、そのルーシーに決まった。彼女が率先して立候補したからだ。

ルーシーからカップを受け取り、口をつけたレティシアは、予想外の味にむせかけた。紅茶はものすごく苦かった。舌が感じたのは、茶葉の渋味ではない。

（これは、何の味でしょう？　強烈に苦い風邪薬……？）

舌を抉《えぐ》るような苦味は、高級茶葉の風味が一切感じなくなるほどに強烈だった。

戸惑《とまど》いながら周りの反応をそっと窺うと、彼女たちは気にした様子もなく紅茶を飲み、和《なご》やかに談笑している。レティシアの紅茶だけが少々特殊みたいだ。

朝のメリルの台詞《せりふ》がよみがえった。

『彼女、レティが他の生徒を見下していた性悪だってご立腹なのよ』

この紅茶はつまり、腹いせということなのだろうか。

なんだか、メリルがよく読んでいる恋愛小説みたいな展開だ。物語では嫌がらせをする側は身分の高い方がお約束だけれど。

そこまで妄想してから、レティシアはハッとする。

そう。レティシアは公爵家の娘。おまけに王太子の婚約者である。ルーシーは男爵家の令嬢だ。反感を抱いているからといって、これだけの身分差があって嫌がらせなどするだろうか。いくらなんでも、無謀な試みだ。

何かの手違いだろうと結論づけ、そっとティーカップをソーサーに置くと。

「お味はいかがですか、レティシア様？」

ルーシーがふふんっ、と。得意げな笑みを浮かべたので、レティシアはびっくりした。

混じりけのない嫌がらせで間違いなかったみたいだ。となると、疑問が湧く。ルーシーはどうやってレティシアの紅茶に細工を施《ほどこ》したのだろう。彼女の挙動に、誰も疑問を抱いたりしなかった。すごい才能だわ、とレティシアは感心した。

「ルーシー様は、とても器用なのですね。わたくし、驚いて言葉を失ってしまいました」

ルーシーが瞳を見開く。クスクス、と。他の生徒たちが笑いだした。

「言われているわよ、ルーシー。貧乏貴族のハーネット家じゃあ、まともな教育なんて受けられるはずないものね。お茶一つ満足に淹れられそうにないと思われてしまうのは、仕方がないわ」

「男爵令嬢なのに推薦ではなく、試験を受けての入学。おまけに特待生扱いで学費を全額免除されているのですもの。レティシア様のご感想は当然でしてよ。育ちが違い過ぎたわね」

嘲笑《あざわら》われたルーシーは、真っ赤になった。薄い肩がプルプルと震える。会話が意図しない方向に解釈されて、レティシアは居た堪《たま》れなくなった。

客観的に見て、これはレティシアがルーシーをいびっている構図なのでは。言葉選びがあまりに不適切で、申し訳なくなる。

(わたくし、物語でいうところの悪役令嬢が向いているのかもしれません……)

ウィリアムが天然で悪女と評したのは、こういう意味だったのか。

同級生からこっぴどく扱《こ》き下ろされたルーシーは、瞳にうっすらと涙を溜めていた。レティシアは焦《あせ》る。自《みずか》らの発言が招いた事態なのだ。とにかく訂正しなければ。

「あの、わたくしは決してそのような意味で発言をしたわけではなく――」

「レティシア様といえば、先だっての成績、素晴らしいものでしたわね。首席にレティシア様の名が載《の》っていた時は驚きましたわ」

話題がズレたのは、僥倖《ぎょうこう》なのだろうか。それとも誤解を解く機会を失ってしまったのか。下手《へた》に話題を戻して矛先《ほこさき》が再びルーシーへと向いてしまったら、目も当てられない。レティシアが葛藤《かっとう》する間も会話は進んでいく。

「私、密かにレティシア様に憧《あこが》れておりましたの。この機会にお友達になれたら嬉しいですわ」

キラキラとした瞳に見つめられて、レティシアは目を丸くした。ウィリアムの婚約者としての評判もあるし、将来のことを考えれば交友関係が広いに越したことはない。

人付き合いが不得手な自覚のあるレティシアだから、彼女の申し出は心浮き立つもの――そのはずなのだが。

感じたのは、喜びよりも胃が重たくなるようなもやもやだった。

別の女子生徒が、弾《はず》んだ声で言う。

「私も、以前からレティシア様とはお話ししてみたいと思っておりました。でもほら、レティシア様はメリルと親しいでしょう？　そのせいで気兼ねしてしまって」

脈絡なくメリルの名が挙がって、レティシアは首を傾げた。メリルと親しいことが、なぜ気兼ねさせてしまうのだろう。

「金で爵位を買った成金の娘に近づいたことが家族に伝わったら、叱《しか》られてしまいますでしょう？　ですから、レティシア様とお近づきになりたくても、なかなか……」

「アルトリウス家は隣国ケネスの姫君の流れを汲《く》む名門。お付き合いする友人を選ぶべきではないかと、心配しておりましたの」

――なるほど、と。

レティシアは納得した。ややもやの原因を特定できたからだ。疑問が解消できてスッキリしたので、レティシアは姦《かしま》しい令嬢たちに微笑みかける。

「わたくし、学園への入学が決まった際にある決意をしましたの」

脈絡のない発言に、彼女たちは口をつぐむ。戸惑《とまど》ったように揺れる三人の瞳を順に見つめて、レティシアははっきりと抑揚をつけて告げた。

「人生で初めてのお友達は、自分の力で見つけよう、と」

王太子の婚約者。同世代の貴族の令息令嬢が誰一人として顔を見たこともない、アルトリウスの秘蔵《ひぞ》っ子。

色んな噂が先行して入学初日から腫《は》れ物に触るかのように扱われていたレティシアに、一番最初に声をかけてくれたのがメリルだ。移動教室の場所がわからなくて右往左往《うおうさおう》するレティシアを、ぶっきらぼうな態度で導いてくれた。

そんな彼女に、レティシアは人生で最大級の勇気を振り絞って言ったのだ。

——わたくしのお友達になってくれませんか、と。

「見る目のある自分に感心しますわ。あなた方の誰にも声をかけなかった過去のわたくしを、褒《ほ》めてあげたいです」

「な……っ」

気色《けしき》ばむ彼女たちを、レティシアは冷ややかに見据えた。凍《い》てついた眼差しに、三人は怖気《おじけ》づいたように顔色を悪くする。

角が立たない程度に優しく窘《たしな》める。レティシアの立場ならそれが正しいやり方だし、ウィリアムならそうする。わかっていても、口から飛び出す皮肉は抑えきれなかった。

「思いやりを持たない者が、立派な淑女を名乗ることはできません。育ちの確かな皆さまですのに、友人を悪《あ》し様《ざま》に言われてわたくしがどう思うか——なぜ察せないのか、理解に苦しみますわ。育ちが違うからなのでしょうか？」

「………」

先ほどまでの姦しさが嘘のように、令嬢たちは沈黙する。

レティシアはもう彼女たちを見なかった。紅茶には手をつけられないので、クッキーに手を伸ばす。

薔薇の香りが漂う温室は華やかな笑い声に包まれているが、レティシアたちのテーブルには気まずい沈黙が流れ続けていた。ふと、視線を感じて顔を上げる。ルーシーが凄《すさ》まじい形相《ぎょうそう》でレティシアを睨《にら》んでいた。目が合うと、彼女はふいっ、と視線を外す。

(ルーシー様に、後で謝罪をしませんと)

他愛ない嫌がらせの動機は、レティシアに非がある。恥をかかせてしまったことも含めて、きちんと話そうと心に決めた。

◇◇

レティシアの決意も虚《むな》しく、ルーシーと話す機会は巡ってこなかった。授業が終わるとすぐに彼女は教室を出ていってしまい、追いかけた時にはもう姿を見失っていた。寮の部屋を訪ねても応答がなく。

翌日、今日こそはと意気込んで登校したレティシアは、教室にルーシーの姿が見えなくて落胆した。

一限目の教材だけ机に置き、鞄をしまおうとロッカーの扉を開けたレティシアは——あら、と目を瞠《みは》る。木製の棚の中に、四つ折りになった紙片を見つけたのだ。

首を傾《かし》げつつ、手に取ってみる。どうやらノートの切れ端らしい。シワが刻まれた紙には、

『レティシア・アルトリウス様。昼休み。特別棟の西階段。十三時に四階の踊り場にて。助けてください』

と書かれていた。名前は記載されておらず、日付も記されていない。今日の昼休みを指しているとは思うが。

「あら、まぁ……」

助けを求める謎の手紙に、レティシアは頬に手を添える。

誰かがレティシアに助けを求めているのであれば、力になってあげたいとは思う。だが、この学園内で名指しで頼られるほど、レティシアの声望は高くない。

純粋に救いを求めているというより、何か悪意が隠されているのではと考えるほうが妥当《だとう》な気がした。気がしたが——。

「何事も、疑ってかかるのはよくないでしょうか……？」

ここは策謀渦巻く王宮ではないのだ。大多数は純粋な心根を持つ少年少女が通う、王国一の名門校。

紙片を制服の内ポケットにしまい、レティシアは呼び出しに応じてみることにした。

◇◇

いつも通りメリルと昼食を共にし、食堂で別れたレティシアは特別棟へ向かった。

美術室や実験室といった、いわゆる特別教室を主とした特別棟は三階から上は部室が並んでいる。

放課後を除けば、基本的にはひと気《け》がない。

そんなだから、人の話し声というのはよく通る。三階まで上がったところで、レティシアは言い争う声に気づいた。

あなたのせいよ、とか。どう責任を取るつもりですの、だとか。憤《いきどお》りを孕《はら》んだ女子生徒の声は、よく耳を澄ませてみると聞き覚えのあるものだった。

眉をひそめたレティシアが更に階段を上がっていくと。

「キャ――っ！」

甲高《かんだか》い悲鳴が聞こえたかと思うと、何かが転がり落ちる物音が響いた。

ぎょっとしたレティシアは、慌てて階段を駆け上がる。すると、踊り場に倒れ伏す女子生徒の姿が見えた。癖のあるブルネットの髪が揺れ、階段を転げ落ちたらしき彼女はのろのろと身を起こす。

どこかを傷《いた》めたのか、床に座り込んだまま苦悶の表情を浮かべているのは――。

「ルーシー様？」

ルーシー・ハーネットの姿にレティシアが驚いているあいだに、上から乱暴な足音が降ってきた。

膝下丈のスカートを忙《せわ》しなく翻《ひるがえ》し、駆け下りてきた三人組の顔もまた、見覚えのあるもの。

昨日、お茶の時間にレティシアと一悶着《ひともんちゃく》あった隣のクラスの令嬢たちだ。ぱちりと目が合う。

彼女たちは青褪《あおざ》めた顔をさっと逸《そ》らして、そのまま階段を駆け下りていった。

唖然としていたレティシアは、ルーシーの痛っ、という声で我に返った。未《いま》だに立ち上がれないでいる彼女のもとへ、慌てて駆け寄る。

「大丈夫ですかっ？　どこかお怪我《けが》を？」

翳《かげ》った瞳を覗《のぞ》き込むと、ルーシーはバツが悪そうに俯《うつむ》いた。

「……ちょっと、足首を捻《ひね》っただけです。大した怪我じゃありません」

ルーシーはそう主張するが、タイツが破れ、膝には血が滲《にじ》んでいた。擦《す》りむいてしまったみたいだ。

レティシアがハンカチを差し出すと、おずおずと受け取ったルーシーは顔をしかめながら、傷口にそれを巻きつけた。

「洗って返しますから」

「お気になさらないでくださいな」

「……本当に来たんですね。昨日の今日なのに」

差し伸べたレティシアの手を取ることなく、右足を引きずりながら立ち上がったルーシーがぼそりと言った。

ピンときて、レティシアはしまっておいた紙片を取り出す。

「このお手紙は、ルーシー様が？」

「……」

ルーシーは肯定しなかったが、否定もしなかった。先ほどの言動から、ルーシーが差出人で間違いなさそうだ。

「なぜ、わたくしに助けを求めたのでしょうか？　ルーシー様はわたくしにあまりいい感情を持っていらっしゃらないと思っていたのですが……」

「妙な味の紅茶を飲まされたからですか？　あの時、どうして指摘しなかったんです？」

レティシアは苦笑した。

「騒ぐほどのことでもありませんでしたから」

他愛ない意地悪だ。騒ぎ立てるほどのことじゃない。

磨き上げられた床をじっと見下ろしたまま、ルーシーが深く息を吐き出す。

「あたしだって、あなたに頼りたくなんてありませんでした。でも、アニーたちが……」

ルーシーが口にしたのは、うずくまる彼女に目もくれず、駆け去っていった令嬢たちのうちの一人の名だった。

「彼女たちと、何か揉《も》めていらしたようですが……」

「あなたを怒らせてしまったことで、あたしを逆恨みしているんです。あの子たち、アルトリウス公爵家に何かされるんじゃないかって気が気じゃないいんですよ。全部あたしのせいだって怒っていて……そんなことあたしに言われたって、どうにもなりませんから。アニーたちをなだめてもらいたくて、レティシア様に助けを求めたんです」

迷惑極まりないという風に、ルーシーが顔を歪《ゆが》める。

「あなたが来る前に階段から突き落とされるなんて、思いも寄らなかったですけど。こんなことが続いたら堪《たま》りません。レティシア様が執《と》り成してくれませんか？」

訴えに耳を傾けながら、レティシアは違和感を覚えていた。

昨日、ルーシーはものすごい形相でレティシアを睨んでいた。打って変わって今日は、レティシアのせいで足を傷めたようなものなのに、仲裁を頼んでくるだけで文句の一つも口にしない。なんだか、腑《ふ》に落ちない。

（勘繰《かんぐ》り過ぎ、でしょうか……？）

ルーシーの態度が解《げ》せず、何か裏があるのではないかと警戒してしまう。

レティシアは目線を下げた。膝に巻かれたハンカチ。制服のスカートは埃《ほこり》で汚れてしまっている。足が痛くて踏ん張りが利《き》かないのか、手すりを支えにして立つルーシーの姿は痛々しいものだ。

レティシアのせいで散々な目に遭《あ》ったという訴えを端《はな》から疑ってかかるのは、よくないことだろうか。疑うのはなんだか不人情な気もする。それに、不信感を表に出したらまたルーシーを不快にさせるかもしれない。葛藤の末に、渦巻く疑念は呑み込んでおくことにした。

レティシアは深々と頭を下げた。

「わたくしの不用意な言動でルーシー様にご迷惑をおかけしたこと、お詫《わ》び申し上げますわ。彼女たちにはきちんと言い聞かせます。許していただけますか？」

「……これ以上、アニーたちがあたしに突っかかってこないのでしたら。二度も突き落とされたら堪りませんから」

そっけなく言って、ルーシーが足を踏み出す。階段を下りようとしたその体躯がふらりと傾いたので、レティシアは咄嗟《とっさ》に身体を支えようと手を伸ばした。ぱしんっ、と。乾いた音を立てて、差し出した手が撥《は》ね除《の》けられる。ルーシーの瞳には、強い苛立《いらだ》ちの炎が燃えていた。

レティシアは確信する。目の前の少女は、心の底からレティシアを嫌悪しているのだ、と。

ハッとしたように目を見開いたルーシーが、さっと顔を伏せた。

「一人で大丈夫ですから」

「……差し出がましいことをして、申し訳ありません」

レティシアの謝罪に応えることなく、ルーシーは無言で階段を下りていった。

「……どう転ぶのでしょうか」

静寂《せいじゃく》に満ちた踊り場で、ぽつりと呟《つぶや》く。

ルーシーがレティシアを嫌っているのは間違いない。にも拘《かか》わらず、レティシアに助けを求める手紙を書いた。当事者とはいえ、これほど拒絶している相手に仲裁を頼むだろうか。やはり、言動から窺えるルーシーの性格と行動が噛み合っていない気がする。そこがどうしても引っかかった。

アニーたちをなだめるだけで事態が終息してくれたらいいのだけれど。

メリルに忠告された時は楽観視していたが、どうにも雲行きが怪《あや》しそうだった。

◇◇

その予感は、すぐに当たることになった。

「アルトリウス。すぐに生徒指導室まで来なさい」

放課後、アニーたちに会いに行こうと教室を出たレティシアは、廊下で呼び止められた。男性教諭の険《けわ》しい顔を、戸惑いと共に見上げる。

「生徒指導室、ですか？」

「カナーバ先生が君を待っている。早く行くんだ」

担任はそれだけ告げて、さっさと行ってしまう。

「ちょっと、レティ？　生徒指導室に呼び出しって、何をしでかしたのよっ？」

駆け寄ってきたメリルに答えられることなど何もない。レティシアだってわけがわからないのだ。呼び出される理由に心当たりはないが、脳裏に浮かぶ顔はあった。ルーシーだ。彼女は午後の授業に出席しなかった。医務室で治療を受け、そのまま早退したと教師が説明していた。

「……やっぱり、何事も疑ってかかるのが吉のようですわね」

面倒なことになりそうで、レティシアは深々と嘆息《たんそく》した。

◇◇

「弁明はありますか、レティシア・アルトリウス」

「弁明、と言われましても……」

眼鏡の奥の鋭い瞳を、レティシアは困惑《こんわく》と共に見つめ返した。

ローテーブルを挟んだ向かいのソファに座るのは、ヘレン・カナーバ。五十半ばを越えた彼女は第一女子寮の寮監であり、生徒指導の責任者でもある。素行に問題のある生徒を厳しく注意するのが彼女の役目。つまり、レティシアは素行に問題ありと見做《みな》されたのだ。

「わたくしは、呼び出された理由すらよくわかっておりません」

「名前は伏せますが、生徒たちから告発がありました。あなたがルーシー・ハーネットを階段から突き落とす光景を目撃した、と」

その説明だけで十分だった。自分は嵌《は》められたのだと悟る。

「話を聞いた段階では半信半疑でしたが、念のためルーシー・ハーネットに確認を取ったところ、彼女は右足に怪我を負い、アルトリウス公爵令嬢に階段から突き落とされたと打ち明けてくれました。事故ではなく、故意に背中を押されたと。これを踏まえて、あなたに申し開きはありますか？」

つまり、ルーシーがあの手紙を書いたのはレティシアを罠《わな》にかけるためだったというわけだ。ルーシーが仲裁を頼んでくるなんておかしいという疑念は、的中していたらしい。

告発した生徒というのはアニーたちだろう。レティシアに悪感情を抱いているルーシーと、お茶会で揉めたアニーたち。レティシアに報復したいという点で、両者の利害は一致している。

「そのお話は──」

事実無根という反論を、レティシアは咄嗟に呑み込んだ。

ルーシーが嘘を吐《つ》いてレティシアを加害者に仕立て上げた。この事実が明らかになったら、彼女はなんらかの処罰を受けることになる。

ルーシーは特待生だ。実家は貧乏で、学費を全額免除されていると、お茶会の席で聞いたばかり。学費の全額免除は試験で成績上位者十名に名を連ねるのが条件だが、生活態度が品行方正であることが大前提となる。問題を起こした生徒に特待生制度は適用されない。

（わたくしが真実を暴いたら、ルーシー様は特待生ではなくなってしまうかもしれません……）

学費が払えずに退学、ということもあり得た。

ルーシーを怒らせたのはレティシアの不手際《ふてぎわ》だ。学業に熱心な彼女だから、故意に試験の点数を落としていたレティシアの姿勢が我慢ならなかったのかもしれない。お茶会でのレティシアの言動が不適切だったのも否《いな》めない。

レティシアにも非があるのに、ルーシーの人生を棒に振らせてしまったらあまりにも申し訳ない。

口をつぐむべきだろうか。逡巡《しゅんじゅん》するレティシアの脳裏に浮かんだのは、大好きな婚約者の顔。

（……いいえ、だめ。ウィル様のお顔に泥を塗るわけにはいきません）

ウィリアムの婚約者は級友にわざと怪我を負わせる人間性の持ち主だなんて広まったら。彼の名誉を著《いちじる》しく損《そこ》ねる。そんなのは絶対にだめだ。ウィリアムに迷惑をかけるわけにはいかない。

火種を蒔《ま》いた自身の迂闊《うかつ》さを腹立たしく思いながら、レティシアは首を横に振った。

「彼女たちの証言は事実無根ですわ。わたくしはハーネット男爵令嬢に危害など加えておりません」

すると、ヘレンの顔が不愉快そうに歪んだ。眼鏡の奥の切れ長の瞳がますます鋭くなる。

予想していなかった教師の反応に、これはなかなか厄介そうだなと思った。弁明を求めながらも、レティシアの言い分を聞く気などないと察せられたからだ。

「彼女たちの証言が嘘だと？　ルーシー・ハーネットの怪我は痛ましいものでしたよ。ひどい青痣《あおあざ》になっていました」

「わたくしがその場に駆けつけた時には、彼女はすでに踊り場に倒れておりました。どのような経緯《けいい》があってそうなったのかはわかりかねますが、その場から駆け去っていくアニー・クライネ、ベル・ベレッタ、マリアン・ケーリッヒ。この三名の姿を目撃しておりますわ」

ヘレンの眉がぴくりと動く。やはり、告発者というのはあの三人みたいだ。

「突き落としたのは、彼女たちだと？　苦しい言い訳ですね。そうであるなら、ルーシー・ハーネットはその中の誰かの名を挙げるはずです」

「では、結託してわたくしを陥《おとしい》れたかったのでしょう。今こうして先生から疑われておりますので、彼女たちの企《たくら》みは見事に成功したわけですね。狂言ではなく実際に怪我を負ってみせたハーネット男爵令嬢の果敢《かかん》さが、実を結んだのでしょうか」

レティシアの主張を、ヘレネは鼻で笑った。

「レティシア・アルトリウス。ルーシー・ハーネットは特待生ですよ？　公爵家の娘を陥れて、彼女にどんな利があるというのです。その主張は通りませんよ。説得力がまるでない」

そこに関してはレティシアも同感だ。せっかくの学費全額免除という特権を失う可能性があるというのに、ルーシーは随分《ずいぶん》と無茶をする。

ヘレンが熱の込もった声で続けた。

「ルーシー・ハーネットの勤勉さは、教師の誰もが知るところです。入学試験に受かるまでもかなり苦労したようで……不遇な環境に置かれながらも自身の力で出世する機会を掴み取った彼女が、人生を棒に振るような真似をするはずがない。経験則上、当校に限っていえばこのような問題を起こすのは、高位貴族の生徒が大半だということもわかっています。恵まれた身分をいいことに権力を振り翳《かざ》し、弱者を虐げる生徒というのは学年に何人か、必ずいますからね。嘆《なげ》かわしい」

親の言いつけで無理やり入学させられた貴族の令息令嬢たちにとって、学園での生活は牢獄も同然だったりする。自由が制限される上に課題も多く、うんざりするのだろう。その憂《う》さを晴らそうと、身分の低い者を虐げる生徒もいるのだ。

生まれに恵まれ、苦労知らずのレティシアより苦労を重ねてきた努力家のルーシーの方が信用に値《あたい》する。ヘレンの考えはそういうことらしかった。

「忖度《そんたく》する愚かな教師がいるのもまた、嘆かわしいことですが。私が生徒指導の担当となってからは、高位貴族の出であっても等しく処罰してきました。無論、王太子の婚約者であっても例外ではありません。レティシア・アルトリウス。あなたは明日から二週間、寮で謹慎なさい」

話がどんどん進んでいく。ヘレネの中でこの一件はレティシアに非があるということで確定みたいだ。

「処罰を下す前に、きちんと調査を行ってくださいませんか？　こういった件は双方の言い分に耳を傾け、事実を慎重に見定める必要があるはずですが……」

「稼いだ時間でルーシー・ハーネットたちを脅《おど》し、証言を取り下げさせる。あなたがそれをしないという保証がありません」

「同様に、男爵令嬢たちの証言が真実だという保証もないはずです。弱い立場の者を守ろうとするカナーバ先生の姿勢は理解できますが、彼女たちの意見がすべて通り、わたくしの主張は一つとして通らないというのは、納得がいきませんわ」

「その態度です」

「はい……？」

どの態度だろう。目を丸くするレティシアを、ヘレンは不愉快そうに睨《ね》めつけてくる。

「一貫してあなたの態度からは反省の色が窺えません。次期王妃であるあなたですから、級友との諍《いさか》い自体が恥ずべきこと。過《あやま》ちを過ちとも思わず、堂々としているその態度を見れば、レティシア・アルトリウスとルーシー・ハーネット。どちらが信用に値するかは明白というものです」

（わたくしが、悪いのでしょうか……）

疑いながらも見事に嵌められてしまった迂闊さは反省している。婚約者が生徒指導室に呼び出された。そんな不名誉をウィリアムに被《こうむ》らせてしまったのだ。それはもう、心の底から猛省している。だが、それとこれとは話が別だとも思う。レティシアが毅然《きぜん》とした態度を貫《つらぬ》いているのは、現在進行形で冤罪《えんざい》を負わされかけているからなのに。しょんぼりしていたら、謹慎が確定してしまうのだ。

（理不尽過ぎます……）

啞然としているあいだにも、ヘレンはぶつくさと愚痴をこぼす。

「まったく、あなたの醜聞《しゅうぶん》は殿下の名誉にも関わってくるというのに……」

「――誰の名誉ですって？」

割って入った涼やかな声に、レティシアは息を呑んだ。ヘレンが弾《はじ》かれたように立ち上がる。いつの間にか、戸口にウィリアムの姿があった。会話に意識が向いていて、扉が開いたことに気づかなかったみたいだ。

「殿下！　無断で入室するとは、それが王族の振る舞いですかっ！」

「ノックをしても応答がなかったので、心配になって覗いてみたのですが……ノック自体が聞こえていなかったみたいですね。以降、気をつけます」

しゅん、と項垂《うなだ》れるウィリアムは子犬みたいな愛らしさ。女心をくすぐられない女性など存在するはずもなく、ヘレンは弱ったようにたじろいだ。

「僕の婚約者が生徒指導室に呼び出されたと聞いて、居ても立ってもいられずに押しかけてしまったのですが……。彼女が何か問題を起こしたのですか？」

ヘレンに確認しながら、ウィリアムが近づいてくる。掠《かす》めるように背中に触れた優しい熱に、レティシアは背後に立ったウィリアムを振り仰いだ。彼はレティシアを見ない。それでも、一瞬だけ背中を撫でてくれた手のひらが、大丈夫だよと告げている気がした。

「彼女が故意に級友を階段から突き落としたのです。その級友は足を捻挫《ねんざ》し、レティシア・アルトリウスに背中を押されたと訴えています。その光景を見ていた生徒も数人おりますから、殿下の婚約者といえど、厳しい処罰を免《まぬか》れることはできません」

ヘレンの言葉にじっと耳を傾けていたウィリアムが、静かに告げる。

「潔白な僕の婚約者を冤罪で処罰しようものなら、カナーバ先生にも相応の責任を取っていただきますが……その覚悟があっての発言でしょうか？」

そこで初めて、ヘレンが狼狽《うろた》えた。

「殿下はレティシア・アルトリウスが潔白だとおっしゃるのですか？」

「彼女のことは、婚約者である僕が学園の誰よりも知っています。級友に意図して怪我を負わせるなんてこと、するはずがありません」

ウィリアムの断言に、ヘレンが黙り込む。ちらりとレティシアに向けられた視線は疑わしげなもの。気づいたウィリアムが、やんわりと言う。

「カナーバ先生は、僕に女性を見る目がないとおっしゃるのでしょうか？　僕はレティシア公爵令嬢が婚約者であることを誇りに思っているのですが……」

見事な話術だった。このように言われれば、ヘレンの返答は一つしかない。

「いえ、そのようなことは――」

「では、僕の名誉のためにもしっかりと調査をお願いします」

眼鏡の奥の瞳はしばらくのあいだウィリアムを見つめていたが、やがて。

「……わかりました。殿下がそこまでおっしゃるのであれば、今一度、事実確認を行います。綿密な調査を行なった上で、沙汰《さた》を下しましょう」

ウィリアムが弾んだ声で言う。

「よかった。教育に熱心なカナーバ先生に王室から正式な抗議を入れるのは、僕も本意ではありませんでしたから。行こう？」

しれっと釘を刺したウィリアムに促《うなが》され、レティシアは生徒指導室を後にした。

「レティっ！」

廊下に出た途端、メリルが駆け寄ってきた。どうやら彼女はレティシアが解放されるのを待ってくれていたらしい。

「大丈夫なの？　よく、わからないけど。何かの処罰とか……」

ハラハラとした彼女の瞳に、ふわりと微笑みかける。

「大丈夫よ。少し、誤解があっただけですから。問題ありません」

「本当でしょうね？」

メリルは疑わしげに双眸《そうぼう》を細める。こんな時でもレティシアの態度というのは、説得力に欠けるらしい。

「本当に本当よ」

念を押しても、メリルは半信半疑といった顔でレティシアを見てくる。

「大丈夫だよ。彼女の言う通り、カナーバ先生が少々誤解していただけの話だから」

ウィリアムがやんわりと口を挟んだ。

「誤解はもう解けたし、彼女になんらかの処罰が下されるような事態にはならないよ」

（ウィル様って、こういうところがありますわよね）

レティシアへの疑いが晴れたかどうかは微妙だし、調査の結果次第では厳しい処分が待っている。といっても、レティシアがルーシーを突き落としたなんて事実はないから、調査したところで何も出てこない。他の生徒に聞き取りをしても、せいぜい特別棟に向かった順番がはっきりするくらい。一度偽証してしまった以上、アニーたちは嘘を吐《つ》き通すしかない。どちらの主張が正しいのか。

確たる証拠が出てこないまま、真偽不明で風化していくと思う。ウィリアムが牽制《けんせい》したから、ヘレンだって証拠もなしにレティシアを処罰はできないはず。

ただそれは、当事者のレティシアだからわかることであって、詳しい経緯《けいい》を把握していないウィリアムに断言できるものではない。穏やかな顔でしれっと嘘を吐くのがこの王太子様なのだ。

「……そうですか。殿下がそうおっしゃるのでしたら」

ホッとした様子で胸を撫で下ろすメリルに、レティシアはちょっと納得いかない気持ちになる。両者似たような主張をしているのに、友人であるレティシアの言葉には疑惑の眼差しで、関係の希薄なウィリアムの言葉にはあっさり安堵《あんど》するだなんて。

これが人徳の差というものなのだろうか。

「ありがとうございました、殿下。生徒会室まで押しかけたこと、お詫び申し上げます」

生徒会室にいたウィリアムを、メリルが呼んできてくれたみたいだ。深々と頭を下げるメリルに、ウィリアムが柔らかな声で応える。

「僕の婚約者の大事ですから、メリル嬢が詫びることは何も。気になることは多々あるだろうけれど、今日は僕が彼女を借りても？」

メリルは神妙な面持ちで頷いた。

「明日、ちゃんと説明してちょうだいね」

レティシアに耳打ちして、メリルは去っていった。

「さて、レティ。二人で話そうか。長くなりそうだし、場所を変えたほうがいいかな。どこか落ち着いて話せる場所に移動しよう？」

「え」

「え？」

　レティシアが眉根を寄せると、ウィリアムは困惑した顔になる。

　レティシアは周囲の様子を窺った。廊下にはぽつぽつと生徒の姿があって、無遠慮な眼差しが二人に突き刺さっている。先日の一件を経《へ》て、そんな彼ら彼女らの心の声が、鮮明に聞こえてくるような気がした。

「殿下は、この学園における規則をご存じでしょうか？」

「……」

「学園での殿下は、みんなのものなのです。二人きりで過ごすのは、重大な規則違反となってしまいます。ヴァルシュタット侯爵令嬢に注意を受けた際、わたくしは以降、気をつけますとお答えしました。ですから――」

「それなら、人の目を気にしなくて済む生徒会室で話そうか」

　生徒会長を務めているウィリアムは、生徒会室を自由に使用できる。後日ゆっくり話そう、とはならないみたいだ。ウィリアムの提案に、レティシアはますます腰が引けてしまう。

「それはそれで、生徒会の皆さまから睨まれてしまうのでは……。お仕事の邪魔をしたくはありません」

「間近に行事がないから、みんな暇《ひま》を持て余しているんだ。今日はもう解散しているし、誰も残ってないと思うよ」

どんどん逃げ道が塞がれていく。級友に嵌められましたなんて話をしたら、ウィリアムに心配をかけてしまう。きちんとルーシーと和解して、二度とこんな事態にはならないと言えるようになるまで黙っておきたかった。

レティシアが頷けないでいると、ウィリアムが一歩、距離を縮めた。そのまま自然な動作でレティシアの手を取ろうとするものだから、慌てて一歩、後退《あとじさ》る。

「なぜ手を握ろうとなさるのでしょう？」

「レティが固まっているから？」

「校内で手を繋いだりしたら、規則違反どころではありませんっ」

レティシアの訴えに、ウィリアムはあれ、と目を丸くする。

「校内じゃなければ、許してくれるの？」

幼い頃は当たり前のように繋いでいた手。成長するにつれて、自然なことではなくなっていった。手を繋ぐ機会が減りつつあり、寂しく思っていたのは事実だ。

どう答えたものかと葛藤していたレティシアだが、乙女心には抗《あらが》えなかった。

「……学外でしたら、喜んで」

おずおずと頷けば、ウィリアムが嬉しそうに笑った。子供のように無邪気なその微笑みを前にすれば、いつだって敵《かな》わないのは自分なのだと思い知らされる。

「……ウィル様がどうしてもとおっしゃるのでしたら、やむを得ません。生徒会室に向かいましょう。濡れ衣《ぎぬ》を着せられ、弁明の機会すら与えられなかったわたくしの溜まりに溜まった愚痴によって疲弊《ひへい》していくウィル様のお顔を見れば、溜飲《りゅういん》も下がる気がしますわ」

「さっきまで可愛かった僕の婚約者が、急に不穏なことを言いだしたね……」

「わたくしとお話ししたがったのはウィル様ですもの。責任を持って、しっかりと耳を傾けてくださいね？」

レティシアが悪戯《いたずら》っぽく瞳を細めると、ウィリアムは大人びた笑みを浮かべた。もちろん、と。

◇◇

ウィリアムに先導される形で生徒会室に入ると、広い部屋に男子生徒が一人残っていた。だらけた姿勢でソファに座っているのは、レティシアにとって顔見知りの青年だった。

目立つ深紅《しんく》の髪は後頭部のひと房《ふさ》だけが長く伸び、馬の尻尾のよう。顔立ちは華やかなのに、黄緑の瞳が不機嫌そうに尖っているせいで柄《がら》の悪い印象が強く残る。

宰相補佐の役職に就《つ》くサーペント伯爵の第一子。アレクシス・サーペント。

四年生の彼はウィリアムと同学年だが、年は一つ上の十八歳。王太子の幼馴染《おさななじ》みであり、自他共に認める親友殿。十一歳の時にウィリアムより紹介され、それから王宮で何度か顔を合わせた。友人と呼べるほど気安い仲ではないけれど、まったく知らない人でもない。

「アレク、まだ残ってたんだ」

「少しばかり、思うところがあったんでな」

含んだ物言いで応えたアレクシスが、こちらを見た。

「久しぶりだな、レティシア」

「ご無沙汰しております、アレクシス様」

彼ときちんと言葉を交わすのは、夏季休暇の際に王宮で顔を合わせて以来だった。にっこり笑って会釈《えしやく》すると、アレクシスは渋面《じゆうめん》になる。

「相変わらず、胡散臭《うさんくさ》い笑顔だな」

レティシアは、笑みを深めた。

「……将来の宰相候補の一人であり、結婚相手として優良物件とも名高いアレクシス様ですのに、女性の扱いは相変わらずの残念さですわね。ウィル様という素晴らしいお手本が身近にいらっしゃいますのに、学習するには意欲が必要ということがよくわかります」

「おい、ウィル。お前の自慢の婚約者、先輩への敬意を微塵《みじん》も持ち合わせていないんだが？」

「今のはアレクが悪いよ。地雷を見事に踏み抜いてる」

冷ややかなウィリアムの返答に、アレクシスは不満そうに顔をしかめた。

「お前に言わせれば、悪いのはいつだって俺だろうが。レティシアより俺の肩を持ったことが一度でもあったか？」

「それがわかっているなら、はじめから聞かなければいいと思うよ」

どこまでも容赦ないウィリアムが、レティシアの手を引いた。促される形でレティシアがアレクシスの対面に腰かけると、ウィリアムは彼の隣に座る。あれ、とウィリアムが目を瞬《またた》かせた。

ローテーブルには、よれた紙の束とインク、羽根ペンが置かれている。彼の視線はぶ厚い紙束に注がれていた。

「それって、一年生に実施した希望調査《アンケート》の回答用紙だよね？　集計はハルトにお願いしたはずだけど……」

ウィリアムがぐるりと室内を見渡す。

「ハルトはもう帰った……よね？　どうしてテーブルに置いてあるんだい？」

ハルトという名前は知っていた。一年生で唯一、生徒会役員を務めている男子生徒だ。

「いやあ、それがだなー。紆余曲折《うよきよくせつ》あってな？」

「これほどまでにそらぞらしい紆余曲折という響きが存在するのですね」

アレクシスの口調はどこまでも軽く、大した経緯ではないのだろうなと感じるものだった。

「端的に説明すると、集計《これ》はウィルが席を外すまでハルトの仕事だった。で、俺たちはほんの数分前まである権利を賭けて盤上遊戯で熱い戦いを繰り広げていたわけだが……」

「後輩に負けた結果、見事に仕事を押しつけられた、と。まったく……」

皆まで言わずとも察したウィリアムが深々とため息を吐く。

「しょうがないだろ。ハルトの野郎、ちゃっかりこのためだけに練習してきてたんだよ」

不服そうに唇の端を歪めたアレクシスが、ふとレティシアを見た。

「そうだ、レティシアがいるじゃん」

名案を思いついたとばかりに、彼は声を弾ませる。

「はい……？」

「回答用紙《これ》の集計、今から手伝ってくんない？」

「アレク。レティを都合よく利用しないでくれないかな」

ウィリアムがぴしゃりと言う。アレクシスは悪びれた様子なく不敵に笑んだ。

「利用するわけじゃないって。来年度から生徒会役員になるレティシアに、今のうちから経験を積ませてやろうっていう先輩心さ」

生徒会長選挙は毎年二の月《フェイベル・ディア》に行われ、当選した会長が役員を任意に指名できる。来年度の生徒会長もウィリアムは当選確定のようなもの。入学前、ウィリアムはレティシアが二年生になったら生徒会役員に指名したいと言ってくれていた。人脈を広げる助けになるからだ。レティシアが生徒会に入るのは既定路線ではあるが――。

「希望調査《アンケート》の集計が経験値になるとは思えないんだけど……」

まったく同じ感想を、ウィリアムも抱いたみたいだ。

レティシアはどちらでも構わないのだが、アレクシス自身が蒔いた種なのだし、断った方がよさそうに思えた。そんなレティシアの心を読んだかのように、立ち上がったアレクシスが戸棚に向かう。再びソファに腰を下ろした彼の手には、ガラス瓶が握られていた。

コルクで蓋《ふた》をされた容器に詰まっているのは、丸っこくてふわふわとした、パステルカラーのお菓子だった。マシュマロ、だろうか。

「リュネージュっていうんだってさ。ザッカレー地方の特産品。マシュマロに近いんだけど、色ごとに種類の異なるフルーツソースが入ってる。生徒会一の美食家がお土産《みやげ》でくれたんだけどさ、気にならないか？」

「気になります」

未知のお菓子というのは、好奇心をくすぐられた。

「集計の報酬ってことで、どうだ？」

心惹《ひ》かれる提案だった。

「アレクシス様がそこまでおっしゃるのでしたら、お断りするのは気が引けますわね」

「レティ……」

あっさりお菓子に——というか、好奇心につられたレティシアを、ウィリアムがなんとも言えない顔で見てくる。ふふっと微笑を返して、さっそく集計に取りかかった。

レティシアも回答した、冬季休暇明けに外部から招く講師の希望調査だ。生徒会が挙げた十名の候補者の中から、各々《おのおの》が希望する講師を三名記入する。一年生は全部で百五十名なので、回答用紙も百五十枚ある。

ぶ厚い紙束を手に取り、レティシアは一枚ずつ目を通していく。氏名とクラス、希望講師を頭に入れ、見終わった紙は脇に置く。すべての回答用紙に目を通し終えたレティシアは、希望数が多かった順番に講師の名前と票数を口にした。それを、アレクシスがメモしていく。

作業は十分とかからなかった。あっという間に集計を終えたレティシアが回答用紙の束を渡すと、アレクシスが苦笑いした。

「頼んでおいてなんだが、お前の頭の中ってどうなってるんだ？　処理能力が人間離れし過ぎてんだろ」

「生まれつきの記憶力もありますが、引き出しの使い方は父の教育の賜物《たまもの》ですわ」

公爵の話題になると、アレクシスははっきりと渋面になった。彼はレティシアの父が苦手らしい。もっとも、好意的な人間の方が珍しいのでその反応は普通だ。

紙束を鞄に放り込みながら、アレクシスが思い出したように言った。

「そういえば、生徒指導室に呼び出されてたんだよな？　一体何をしでかしたんだ？」

「わたくしは何もしておりません」

「だよなあ。良くも悪くもお前は潔癖だし。カナーバ先生はカナーバ先生で権力に屈しない自分に酔ってる節《ふし》があるからな……。レティシアが何を言っても聞く耳持たなさそ」

「アレク」

「はいはい。邪魔者は一旦席を外すとしますよ」

立ち上がった彼は、どうでもよさそうにつけ加えた。

「まあでも？　ウィルを頼れるのがレティシアの特権だろ？　年相応に甘えとけば？」

それだけ言って、アレクシスは続き部屋へと姿を消した。

重々しい音を立てて扉が閉まるのを見届けたレティシアは、ポツリと呟く。

「相変わらず、よくわからない方ですわ」

「アレクなりにレティを心配しているんだよ。王太子の婚約者である君《ぼく》が生徒指導室に呼ばれたなんて噂が広まりでもすれば、口さがない人たちだって出てくるかもしれないし」

「心配、ですか。心配……？」

どちらかといえば、面白がっているように見えた。

「部屋に入った時、僕が声をかけたらアレクは思うところがあって残っていたって答えただろう？　集計作業は口実で、初めからレティにお菓子をあげるために待っていたんじゃないかな」

「これをですか？」

ガラス瓶を掲《かか》げてみる。可愛らしい見た目は、眺めているだけで幸せな気持ちになれる。

「うん。ほら、甘い物って気分が上向くし。レティを元気づけたかったんだと思うよ」

「ウィル様は何事も好意的に解釈し過ぎですわ。元気づけたい相手に面と向かって胡散臭いだなんて言いませんわ」

「そこはほら、アレクだから」

ウィリアムが苦笑する。

「レティとアレクは結構似てると思うけどな。ひねくれているように見えるだけで、根は単純というか」

「ひねくれているだなんて、わたくしはウィル様の素直で可愛い婚約者です」

「あぁ、うん。僕の前ではね。それで、何があったんだい？」

この話題をこれ以上続けると藪蛇《やぶへび》になると思ったのか、ウィリアムが強引に本題に入った。

「ええと、そうですね。どこから話しましょうか……」

ルーシーに悪感情を持たれていること。お茶の時間に起きた諍い。ロッカーに入っていた手紙。踊り場に倒れていたルーシーと、逃げ去っていった女子生徒たち。

一通り事情を説明し終えたレティシアは、しょんぼりと肩を落とした。

「こんなことになるなら、試験での小細工などやめておけばよかったです……」

後悔しても今更遅いが、あんな手の込んだ嫌がらせを受けるほど恨まれるきっかけになるなんて、想像もしていなかった。

ウィリアムが優しい微笑みを向けてくれる。

「僕は可愛いらしい反抗だなって思ったけどね。事情を知らない第三者が反感を持つのも、わからなくはないけれど」

「……わたくしが浅慮《せんりょ》でした。ルーシー様が快《こころよ》く思わないのも、無理ありません。しっかり話し合いをしてお詫びします。彼女がわかってくだされば、事態は収まると思うのです」

おそらくアニーたちは、矢面《やおもて》に立つのがルーシーだから協力しただけ。表立ってレティシアに喧嘩を売る度胸まではないと思うのだ。

レティシアが自信ありげに微笑むと、ウィリアムは心配そうに顔を曇らせる。

「アレクの助言を聞く気はない？」

アレクシスはウィリアムに甘えればいいと言っていた。それがレティシアの特権だと。気持ちはとても嬉しいけれど。

「ウィル様を頼っては虎の威を借りるといいますか。流石にちょっと……わたくしが本当の悪役令嬢になってしまいますので」

逆恨みというわけでもなく、ルーシーがレティシアに腹を立てている理由はまっとうなもの。これに関してはレティシアが悪いのだから、ウィリアムに甘えるのはずるいと思うのだ。

「ウィル様の婚約者ですもの。級友との諍いくらい、自分の力で鎮《しず》めてみせますから」

心配ご無用です、とレティシアは微笑んだ。

## 第3話

# 婚約者の特権

八時五分。いつも通りの時間に登校したレティシアは、教室の後ろで談笑するルーシーの姿を確認してから、メリルの席へと向かった。今日も今日とて、友人は恋愛小説に夢中だ。

「おはよう、メリル」

おはよ、と顔を上げたメリルが不思議そうに目を瞬《しばたた》かせる。

「あら？　珍しいわね、レティ。その髪飾り、一昨日《おととい》もつけていなかった？」

レティシアがつけている髪留《かみど》めは、ウィリアムがくれた蝶のバレッタだ。名家の令嬢は、実家の財力を誇示するのも一つの仕事。同じ装飾品を短期間で使い回すのは厳禁。レティシアも普段は気を配っているのだが、今日はあえてこのバレッタを選んだ。なんとなく、勇気をもらえる気がしたからだ。

「せっかくの、殿下からの贈り物ですから」

「よっぽど気に入ったのね」

微笑ましそうに、メリルは小さく頬を緩《ゆる》める。

レティシアは彼女のこういうところが好きだった。公爵令嬢の型にはめることなく、レティシアが変わった一面を見せてもがっかりしない。そういうものなのね、と受け入れてくれるから、肩肘《かたひじ》を張らずに済むのだ。

「昨日のことだけど」

メリルの前置き。説明しなくてはと背筋を伸ばしたレティシアに、彼女は思いがけないことを言う。

「本当にただの誤解だったのね。手違いで婚約者が生徒指導室に呼び出されるなんて、迷惑どころじゃない。今朝、寮で殿下が珍しくご立腹だったって男子生徒が騒いでいるのを聞いたわ」

(ウィル様はご自分の武器を、本当によくわかっていらっしゃるわ)

人望の塊《かたまり》みたいなウィリアムの言は、大多数の生徒にとって信憑性《しんぴょうせい》が高いものだ。今後、レティシアが生徒指導室に呼び出された件は素行不良によるものではなく、教師の過《あやま》ちとして浸透していくに違いない。

ウィリアムの援護射撃をありがたく受け取ることにして、レティシアは微笑んだ。

「わたくしも呼び出された時は驚いたけれど、殿下のお口添えもあって誤解は解けましたから。殿下を連れてきてくれてありがとう、メリル」

「それなら、勇気を振り絞って生徒会室に飛び込んだ甲斐があったわ。二度とごめんだけど」

肩を竦《すく》める彼女にまた後で、と手を振り、ルーシーのもとへ向かった。

「おはようございます」

男子生徒と二人きりで楽しげな様子のルーシーに、レティシアは遠慮なく声をかけた。彼女と話していた伯爵家の令息が、驚いたようにパチパチと瞬《まばた》きする。そんな彼にも軽く会釈《えしゃく》してから、レティシアはルーシーに微笑みかけた。

「放課後、わたくしに時間をくださいますか？」

先ほどまでの華やいだ顔が嘘みたいに、ルーシーは苦い面持《おもも》ちになる。返事をしない彼女を、伯爵令息がそっと窘《たしな》めた。

「ルーシー、ダンマリだなんて、公爵令嬢に失礼だよ」

咎《とが》められた彼女は、ますます不貞腐《ふてくさ》れた顔になる。仲のよさそうな男子生徒がレティシアの肩を持ったことも、不機嫌に拍車をかけてしまったのかも。

レティシアと目を合わせることなくそっぽを向いていたルーシーだったが、ずっと黙り込んだままというわけでもなかった。

「……わかりました。放課後、裏庭で話しましょう」

苦虫を噛み潰《つぶ》したような顔は相変わらずだったが、承諾《しょうだく》はしてくれた。

◇◇

校舎の裏庭には花畑と植え込みが広がっていて、中心には大きな池がある。大理石の橋が架《か》けられた人工の池は、夕陽で金色に染まって見えた。夏場は涼を取る生徒の姿がちらほらあったのだが、秋も間近な今の時分は、不人気らしい。

金木犀《きんもくせい》の香りが漂う裏庭は、レティシアとルーシーの貸し切り状態だった。

「足の具合は、いかがでしょうか？」

「……………」

レティシアが口火を切ると、返ってきたのは沈黙だった。意志の強そうな瞳が、レティシアの動向を窺《うかが》っている。まるで、こちらの心を読もうとでもするかのように。

「登校前、わたくしがルーシー様にわざと怪我《けが》をさせた——校内はそんな話題で持ちきりなのではないかと懸念《けねん》しておりましたが。そこまでは吹聴《ふいちょう》なさらなかったのですね」

「馬鹿にしてるんですか？　引き際《ぎわ》くらいは心得ています。殿下が先生に猛抗議したって話は聞きましたし。蒸し返したりしてレティシア様の名誉を損《そこ》ねたら、殿下に睨《にら》まれるかもしれないじゃないですか」

そこに気づける賢さがあるなら、今後はレティシアに喧嘩を売るのは控えてくれるだろうか。

「レティシア様こそ、どうして騒ぎ立てないんです？　あたしが嘘を吐《つ》いたせいで生徒指導室に呼び出された〜って言えばよくないですか？」

「そうした方が、よろしかったでしょうか？」

「……」

ルーシーの眼差《まなざ》しが険を含んだものになる。わかりきったことを聞いてくるなと言わんばかりに。

「一つ、確認させてくださいな。ルーシー様が階段から落ちたのは、アニー様たちとの諍《いさか》いのせいなのでしょうか？　それとも、ご自身で？」

はっ、とルーシーが鼻で笑う。

「アニーたちが嫌っているのはあなたですよ。馬鹿にしているあたしのことなんか、眼中にありません。偉そうにお説教してきたレティシア様に嫌がらせできるって話をあたしから持ちかけたら、すぐに乗ってきましたよ。レティシア様がやってくる頃合いを見計らってあたしが階段から落ちて、アニーたちが先生に、レティシア様が突き落としたって訴える。そういう手筈《てはず》でした」

ルーシーが白状した内容は、予想通りのものだった。レティシアを嵌《は》めるためだけに階段から転がり落ちてみせた彼女の度胸は凄《すさ》まじい。

ルーシーがアニーたちに目をつけられているのが事実なら寝覚めが悪かったので、当たっていたことに安堵《あんど》する。

レティシアが胸を撫で下ろすと、ルーシーは不服そうに小鼻に皺《しわ》を寄せた。

「あたしにだけ答えさせて、自分は答えないつもりですか？　どうしてあたしに嵌められたって騒がないんです？」

レティシアは苦笑した。

「もったいないなと、思いましたので」

「はぁ？」

「ルーシー様は特待生でしょう？　学費の全額免除は、常に成績上位者十名に名を連ねることが条件。ですが、素行に問題ありと判断されれば、適応外となる場合もあります。わたくしとの諍いで特待生の立場を失ってしまったら……もったいないお話です」

アンジェもそうだったが、この学園で好成績を維持するには相応の努力が伴う。事実、ルーシーは休み時間の大半を自習して過ごしている。きっと、寮でも同じように過ごしているのだろう。そんなルーシーがレティシアとの確執が原因で、努力で勝ち取ったものを失ってしまうのはどうかと思ったのだ。

変わった味の紅茶も、濡れ衣《ぎぬ》を着せられたことも。ウィリアムの口添えもあって大事には至らなかったし、レティシアにとっては目を瞑《つぶ》れる範疇《はんちゅう》だ。だから、ここで手を引いてほしい。

レティシアなりに一生懸命思っていたことを言葉にしたのだが、ルーシーはますます不愉快そうな顔になる。まなじりがつり上がった。

「思ってもいないことをよくもそう、スラスラとうそぶけるものね。あたしのことを馬鹿にしているだけのくせに、恩着せがましいにもほどがあるわ。正直に、あたしなんか眼中にないって言えばいいじゃないですか」

レティシアは眉根を寄せた。

ルーシーの中で、レティシアは随分《ずいぶん》と性悪《しょうわる》な令嬢になっていそうだ。お茶会の席でルーシーを笑い者にさせてしまったことが尾を引いているのだろうか。言葉選びに問題があった自覚はあるから、ルーシーが誤解するのも無理はない。

ルーシーの言葉は止まらなかった。

「あたしの実家、一応は男爵家なんですけど、借金すごくて。あたしが出世しないと、家族全員路頭に迷うのが確定してるくらい、ひどい有様。だからこっちは必死に成績上位を保ってるのに、あんたは試験で遊ぶ余裕があるんだものね。生まれた時から恵まれてる人間って得だわ。なんの苦労も知らないなんて不公平にもほどがあるから、困ればいいと思ったのに。アニーたちの言う通り、育ちが違うのね。困るどころか、あたしに上から目線でお説教する余裕があるんだもの」

「……」

どんどん荒くなっていく言葉づかい。剝《む》き出しの本音に、レティシアは目を伏せた。

レティシアが言葉を重ねれば重ねるほど、ルーシーの神経を刺激してしまいそうだ。この様子だと、また何か仕掛けてくるかもしれない。彼女の怒りが鎮《しず》まるまで待ちたかったが、気が済むまで嫌がらせを黙って受け入れるというわけにもいかない。

ウィリアムに心配をかけたくなかった。レティシアが健《すこ》やかな学園生活を送ることが、彼の願いだ。

「わたくしは、決して試験で手を抜いたわけでも、遊んだわけでもありません。ましてや、ルーシー様を馬鹿にしているわけでもありませんわ。ただ、わたくしがルーシー様の気分を害してしまったことは事実です。その件については、お詫《わ》び申し上げます」

深々と頭を下げる。

顔を上げたレティシアは、双眸《そうぼう》に鋭さを加えた。

「わたくしは、公爵家の娘です。己《おのれ》より立場の弱い者には寛容であるべき。ルーシー様にとっては上から目線に聞こえてしまうかもしれませんが、わたくしたちのあいだに身分差があることは紛《まが》うかたなき事実です。ルーシー様との確執はわたくしに非がありましたので、おおごとにするのは望みませんでした。ですが、今後も似たような仕打ちが続くのであれば、考えを改めざるを得なくなります」

身分差を持ち出し、権威を振り翳《かざ》すのは好きじゃない。あくまで対等な学友という立場で和解したかったが、ルーシーが聞く耳を持ってくれないのであれば、レティシアは忠告せざるを得ない。

「公爵家の権力を使って、あたしを破滅させますか？」

父はレティシアに興味がないから、助力は望めないと思う。期待できたとしても、実家に縋《すが》るつもりなど端《はな》からない。

レティシアは首を横に振る。

「いいえ。公爵家の力などなくとも、ルーシー様にわかっていただくことは可能です。これが最後通牒《つうちょう》です。わたくしへの態度を改めてください」

次期王妃として、政敵の蹴落とし方は嫌というほど教わってきた。ルーシーの心を折ることは容易《たやす》い。実家が困窮《こんきゅう》しているという、明白な弱みがあるなら尚更《なおさら》だ。

睨み合いは長くは続かなかった。意外なことに、ルーシーはあっさりと矛《ほこ》を収めた。

「あたしも、潮時だろうなとは感じていました。いいですよ、和解しましょ？」

嘆息《たんそく》交じりのルーシーの返答に、胸を撫で下ろす。

——だが。

「ただし、条件を提示させてください」

「条件？」

「あたしへのお詫びの気持ちが本心だと、証明してください。三秒でいいので、目を瞑《つぶ》って無防備な姿を晒《さら》してくれませんか？」

よくわからない提案に、レティシアは戸惑《とまど》う。

「三秒……」

意図は読めなかったが、とりあえず、レティシアはまぶたを閉じた。

芝を踏み締める音が鼓膜を柔らかく撫でて、横髪に何かが触れる。次いで、ぱちんっ、と音がした。頭がふっと軽くなる。あっ、と気づいた。ルーシーの意図を悟ったレティシアが目を開けたのと、それは、ほぼ同時。

「だめ……っ！」

レティシアの悲鳴も空《むな》しく——ぽちゃんっと。水音を立てて、池の中に髪飾りが沈んでいった。波紋の広がる水面《みなも》を、呆然と見つめる。

髪飾りを投げ捨てたルーシーが、満足そうに笑った。

「これで、おあいこにしましょ？　公爵家のご令嬢なんですから髪飾りなんて腐るほど持っているでしょうし、大した問題じゃないですよね？」

そのまま素知らぬ顔で立ち去っていくルーシーのことはもう、頭になかった。慌《あわ》てて池に近寄ったレティシアは、その場から動けなくなる。

記憶力のいいレティシアだから、バレッタが沈んだ位置は映像として頭に残っている。人工の池だから、さほど深くもないはず。だが、そのことと実際に池の中に入って取りに行けるかは、別問題だった。

ただでさえ、教師から目をつけられているのに。池に飛び込むのも、泥だらけの制服で寮に帰るのも、自殺行為だ。

「誰か、人を——」

呼んで来て、なんて言えばいいのだろう。

髪飾りを池に落としてしまったから、拾ってくれませんか。公爵家の令嬢なのに、そんな品のない行為を頼むなんて。自らの首を絞めるのは、想像に難《かた》くない。

ウィリアムが贈ってくれた、大切な髪飾りなのに。

これ以上周囲からの評判を下げたら、ウィリアムにまで迷惑がかかってしまう。身動きが取れなくて、途方に暮れる。黄金色の水面を呆然と見つめていたレティシアは、強い脱力感に見舞われ、しばらくその場にしゃがみ込んでいた。

これでおあいことルーシーは言っていたから、今後、レティシアに対する嫌がらせを控える気はあるのだろう。和解は成功したといえる。

だが――。

軽率な行動の代償としてウィリアムからの贈り物を失ってしまうなんて。情けないやら悲しいやらで、目の奥が熱くなってくる。泣いてしまわないように深く息を吐き出して、レティシアは立ち上がった。

いつまでも、池の前でうずくまっているわけにもいかない。髪飾りを失《な》くしてしまったことをウィリアムに謝罪すべく、レティシアは生徒会室へ向かった。

とぼとぼと廊下を進み、生徒会室の前までやってきたレティシアは、レリーフが刻まれた荘厳《そうごん》な扉を見上げて、あっ、と気づいた。

（ウィル様のことですもの。この後も、どなたかと過ごす約束をされていらっしゃるかもしれません……）

先ほど下校を促《うなが》す十七時の鐘が鳴ったから、生徒会の誰かが出てきてもおかしくない頃合いだ。ウィリアムが出てくるのを待つつもりでいたのだが、彼に気を遣《つか》わせてしまうかもしれない。

扉の向こうからは、少年少女の和《なご》やかな笑い声が聞こえてくる。ますます気が引けてしまって、レティシアは柱の陰に身を隠した。

よく考えたら、ウィリアムを出待ちするという行為は、彼を独り占めしないという規則に触れてしまう可能性だってある。また女子生徒たちからの反感を買い、ウィリアムに心配をかけてしまったら――ぐるぐると考え込み、ため息を吐《つ》く。

どうにも後ろ向きな考えばかり浮かんでしまって、このままウィリアムと顔を合わせても沈んだ表情しか見せられない気がした。

会える機会が少ないからこそ、彼の前ではなるべく明るく笑う、可愛らしい婚約者でいたい。

「……やっぱり、今度にしましょう」

日を改めようと身を翻《ひるがえ》したところで、生徒会室の扉が開いた。

「部屋に鞄を置いたら、速攻ポラリス持ってウィル様の部屋に突撃しますね。約束通り、俺が勝つまでちゃーんと相手してくださいよ？　アレク先輩みたく、手を抜いたら罰ゲームですから」

「ハルトのわかりやすい手では、今日中にウィル様に勝つなんて不可能だわ。徹夜したって無理。もはや新手《あらて》の嫌がらせよ」

部屋から出てきたのは、ウィリアムとアレクシス。一年生書記のハルト・ブライアと二年生会計のシルヴィア・エヴァンスの四名。生徒会役員はあと二人いるはずだが、今日は不在みたいだ。

サラサラの茶髪を揺らして子犬みたいにまとわりつくハルトに、ウィリアムが微笑ましげに応対している。二人はこの後、盤上遊戯をする約束をしているらしい。

顔を合わせる前に気づけてよかったわ、とレティシアは胸を撫で下ろした。

あとはこのまま、四人がレティシアの存在に気づくことなく去っていくのを待つだけ。幸い、レティシアが身を潜《ひそ》めている柱は階段とは逆方向。彼らがこちらに向かって歩いてくることはない。

――そう思っていたのに。

「やっぱり、レティだ」

ふっ、と落ちた影。朗《ほが》らかな声は、聞き間違えるはずのないもの。

予想に反して、ウィリアムがこちらを覗《のぞ》き込んでいた。ハルトの無邪気な声に気を取られて、足音に気づけなかったみたいだ。

どうしてわかったのだろう。びっくりして咄嗟《とっさ》に言葉が出てこないレティシアに、ウィリアムが優しく微笑みかけてくれる。

「この時間まで校舎に残っているなんて珍しいね。もしかして、僕に会いに来てくれた？」

「ええと……」

「ウィル様？　なんで階段と逆方向に……。あれ？　アルトリウス公爵令嬢？」

不審な面持《おもも》ちで近づいてきた、小柄な男子生徒と目が合う。ハルトは不思議そうに目を瞬《しばた》かせた。

「珍しいですね。ウィル様が婚約者と並んでるの、初めて見るかも」

「まぁ。本当だわ。生徒会に何かご用が?」

物珍しそうな視線が突き刺さって、居《い》た堪《たま》れなくなる。これはどう考えたって、ウィリアムに迷惑をかけている。

事態の収拾《しゅうしゅう》を図るべく、レティシアはにっこりと微笑んだ。

「用というほどのものではありませんわ。たまたま生徒会室の前を通りかかったものですから、せっかくですし殿下の麗《うるわ》しいご尊顔を拝しておこうかしらと。ほんの気まぐれです。用はもう済みましたので、わたくしはこれで失礼いたします」

一礼して立ち去ろうとしたレティシアの腕を、ウィリアムが掴んだ。

「待って」

「え?」

呼び止められたレティシアは、目を白黒させる。ちょっと待っててね、と囁《ささや》いてから、ウィリアムがハルトたちを振り返った。

「ごめん、忘れてた。今日はこの後、彼女と約束があったんだ。随分前のことだったから、頭から抜け落ちてた」

ウィリアムと約束なんて、していない。

「ええ~? 俺との約束は? すっぽかすつもりですか?」

「くだらねーこと言って、ウィルを困らせるなよな。うっかりくらい、こいつにだってあるっての」

不貞腐れたハルトを、アレクシスが窘める。

「たまにくらい、ウィルが婚約者を優先したっていいだろ？　許してやれって」

「ごめんね、ハルト」

不服そうなハルトの首根っこを摑んで、アレクシスがズルズルと引きずっていく。礼儀正しくお辞儀したシルヴィアも去って行くと、残されたのはレティシアとウィリアムの二人だけになった。

打って変わって静まり返った廊下で、レティシアは慌てて言う。規則のこともあるし、手短に済ませなくては。

「あの、すぐに済みますから。わたくし、ウィル様に――」

謝らないといけないことがあるのです。そう続ける前に、ウィリアムがレティシアの髪を一房《ひとふさ》すくい取った。

「珍しいね。髪、どうしたの？　ちょっと乱れているよ？」

「え？」

なんのことだろう、と頭に疑問符を浮かべたレティシアは、ハッと気づく。バレッタを外された拍子《ひょうし》に、横髪が崩れてしまったのだろう。どうして思い至らなかったのか。淑女としての自覚があまりにも欠けている。

恥ずかしくて俯《うつむ》くレティシアの顔を、ウィリアムが覗き込んでくる。青空色の瞳が柔らかく細まった。

「気を回す余裕がないくらい大事な用があって来てくれたんだよね。本当は、どうしたの？」

声音があんまりにも優しくて、恥ずかしさはどこかへ行ってしまった。ただただ、申し訳なさと情けない気持ちが込み上げてくる。

「……今日は、ウィル様にいただいた髪飾りをつけていたのです」

「うん」

「ですが、わたくしの不注意で失《な》くしてしまって。ウィル様にそのことをお詫びしたくて……」

納得したように、ウィリアムが相槌《あいづち》を打つ。

「学内で失くしたなら、見つけた誰かが落とし物として届けてくれるかも？」

「……そうです、ね」

池に沈んだ髪飾りが、落とし物の棚に並ぶ日が来るとは思えない。

レティシアの曖昧《あいまい》な表情に、何か思うところがあったのだろうか。ウィリアムが苦笑いした。

「物を失くすくらい、誰だってやるよ。そんなに気にしなくても……気に入っていたなら、今度、同じ物を買いに行こうか？」

やっぱり日を改めるべきだったと、レティシアは後悔した。

ウィリアムがこんなにも気遣ってくれているのに。彼の優しい言葉の何もかもが、悲しく響いて気分が滅入《めい》るだなんて。

ウィリアムに何を言ってほしかったのか。失くしてしまったことを、ちょっとくらい惜しんでもらいたかったのだろうか。わからないまま、レティシアはやんわりと微笑んだ。

「ありがとうございます。次のお出掛けを、楽しみにしておりますね」

じっと見下ろしてくる瞳に、怪訝《けげん》な色が滲《にじ》んだ。

「……どの辺りで失くしたかとか、だいたいの見当がついたりする？」

「ええ、と」

いきなりの、核心に迫る質問。

面食らったレティシアが口ごもると、ウィリアムがクスクスと笑みをこぼした。

「そんな顔をしたら、失くした場所に心当たりがありますって言っているようなものだよ？」

「……以降、気をつけます」

「気をつけなくていいよ、僕の前ではね。昔、約束しただろう？」

幼い頃、お前は考えていることがすぐ顔に出ると、父に叱責《しっせき》された。感情が表情に出ないよう、細心の注意を払って過ごそうと心に決めたレティシアに、ウィリアムが初めてわがままを口にした。

僕の前ではそのままのレティがいい、と。

優しく微笑むウィリアムの眩《まぶ》しさは、あの頃と変わらない。

「髪飾り、どこで失くしたの？」

「……裏庭の池の中、です。不注意で落としてしまいました……」

肩を落とすレティシアをしばらく見つめていたウィリアムが、窓の外へと目を向けた。夕陽が傾いた空は、オレンジ色に染まっている。

「池か……」

呟《つぶや》いた彼は、そっとレティシアの手を取る。

「ウィル様？」

「この後、レティに予定は？」

「わたくしは、特にありません。ウィル様こそ、ハルト様とのご予定が――」

「それなら、もう少しだけ僕に付き合ってよ」

年相応の笑みを浮かべて、ウィリアムが歩き出す。手を引かれるままに渡り廊下を進み、階段を下りて裏庭に出る。彼が足を止めたのは、池のほとりだった。

「あの、ウィル様？」

わけがわからず、すらりとした細身の背中を見上げる。振り返ったウィリアムが小首を傾《かし》げた。

「どの辺りで落としたか、わかるかい？」

「ええと……」

夕陽を反射してキラキラと光る水面に視線を向ける。レティシアの眼差しを追ったウィリアムが腕まくりをしたかと思うと、彼は躊躇《ちゅうちょ》なく池の中に足を踏み入れた。

「ウィル様……っ!?」

人工の池だから浅いとはいえ、王太子であるウィリアムがすることじゃない。彼の意図にようやく気づいたレティシアは、悲鳴を上げる。

「だめ！　やめてくださいっ、ウィル様！　そんなことしなくていいです……っ！」

靴やズボンが濡れるのも構わずに進んだウィリアムが振り返り、悪戯《いたずら》っぽく微笑んだ。

「もう入っちゃったから。手遅れじゃない？　だいたいの方向はわかったけど、詳細な場所が知りたいな。どの辺り？」

びっくりし過ぎて岸辺でおろおろするレティシアに、ウィリアムは苦笑する。

「ほら。早く教えてくれないと、僕がずっと水に浸《つ》かることになるよ？」

慌てて西に十歩ほどです、と答えると、ウィリアムは慎重に水草をかきわけて進んでいく。位置に修正を加えながら、ハラハラと彼の姿を目で追っていた時間は、ほんの数分だ。

濁った水の中を両手で探っていたウィリアムが、あった、と弾《はず》んだ声を上げた。

岸辺に戻ってきたウィリアムの姿は泥だらけ。ひどい有様なのに、眩《まばゆ》さは少しも損《そこ》なわれたりしないのだから、彼はやっぱり天性の王子様だ。

「見つかったのはいいけど、流石《さすが》にもう使えない、かな」

困ったような顔でバレッタをハンカチに包み、ウィリアムが手渡してくれる。受け取ったレティシアは、どんな顔をすればいいのかわからなくて、潤《うる》んだ瞳で髪飾りを見下ろした。

青い蝶の翅《はね》は所々が欠けていて、金具には砂が入り込んでいる。彼の言う通り、二度と使えないだろう。それなのに、手の中にある髪飾りは、以前よりもっと特別なものに見えた。

「……どうしてわかったのですか？」

「ん？」

「落とし場所に、心当たりがあると」

「何年レティを見てきたと思ってるの？　僕からの贈り物を失くしたなら、レティは見つかるまで探し続けそう。少なくとも、失くしたその日に新しい物を買おうって提案には、頷《うなず》かないかな。もう見つけようがないってわかっていたから、心ここに在《あ》らずな様子で頷いたんだろうなって。それなら、失くした場所も見当がついているんじゃないかと思って。池に落としたって聞いて、妙に納得しちゃった」

ウィリアムはいつだって、容易《たやす》くレティシアの心中を見抜いてしまう。

「……王太子が池の中に入るだなんて、褒《ほ》められた行動じゃありませんわ」

「そうだね。この格好で帰ったら、寮は大騒ぎだろうな」

大騒ぎどころじゃない。ウィリアムは、それだけの立場にあるのだ。そして、婚約者としてレティシアは、彼の軽率な行動を諌《いさ》めなくてはならない。

「……わたくしが、特別気に入っていたとして。ウィル様がおっしゃった通り、買い直せば済んだ話です」

「でもそれじゃあ、レティにとっては意味がなかったんじゃない？　君の表情を見て、僕はそう受け取ったけどな」

ぬいぐるみ、ネックレス、リボン、鞄。ウィリアムからの贈り物は、この髪飾り以外にもたくさんある。そのどれもがレティシアにとって思い入れのある品で、公爵邸の自室に大切に保管してある。

そんなウィリアムからもらったものを、あんな形で失うなんて悔やんでも悔やみきれなかったから。まったく同じ物をもう一度ウィリアムが贈ってくれたとしても。その気持ちはもちろん嬉しいけれど。たぶん、複雑な想いを捨てきれなかっただろう。ずっとずっと、後悔し続けたと思う。

詳しい経緯《いきさつ》を、ウィリアムは把握していない。知らなくても、レティシアの心の機微《きび》を汲《く》み取って、寄り添おうとしてくれる。気づいてくれたことが嬉しくて。喜びに射貫《いぬ》かれて、上手《うま》く言葉が出てこない。お礼を言わなくてはとわかっているのに、ありがとうすらも発せない。

ウィリアムが淡く微笑んだ。

「それに、普段からレティには何かと我慢を強《し》いちゃってるから。たまにくらい格好をつけておかないと、つり合いが取れない気がするな」

ウィリアムほど詳細に察せている自信はないけれど。レティシアだって、婚約者の心中をある程度読み取ることができていると、自負している。

線引きしながらも好意を寄せてくる令嬢たちを突き放さないことを、ウィリアムが申し訳なく思っていると知っている。

「……わたくし、ウィル様がみんなのものでも、構わないのです。不特定多数のご令嬢に囲まれていようと、独り占めどころか婚約者なのに滅多《めった》に近寄れなくても。不満に思ったことも、心が乱れたことも、一度もありません」

「……ええ、と？」

微妙な顔になるウィリアムを真っ直ぐに見上げて。

「でも、他の女性にもこんな風に心を砕くお姿を見たら——嫉妬《しっと》してしまうと思います。ですので、あの。今回のような行動は、婚約者であるわたくしに対してだけの……特権にしていただけませんか？」

大真面目《おおまじめ》な顔でレティシアが主張すると、ウィリアムが柔らかく微笑んだ。

「心配しなくても、好きでもない女の子のために泥まみれになるほど、お人好しじゃないよ？」

当たり前のことのように言われて、

「……っ、不意打ちは、よくないと思うのです」

言葉に詰まるしかない。

「レティは何か言ってくれないの？」

悪戯っぽく輝く、青空めいた瞳。

片方が殺し文句を口にしたら、同じようにやり返す。二人のあいだの、なんとなくで交わされるお約束のやり取りだ。仕掛けてくるのはだいたいウィリアムからだし、負けず嫌いなレティシアがやり返すから、そうなるのだけれど。

期待できらめく瞳に逆らうことなんてできない。素直な想いを口にする。

「髪飾り、探してくださってありがとうございます。ご友人に嘘を吐《つ》かせてしまってごめんなさい。でも……わたくしを優先してくださったこと、とても嬉しかったです」

「僕の方こそ、いつも気を遣わせてごめんね」

レティシアに向かって伸びてきた手のひらが、躊躇《ためら》うように動きを止めた。指先が泥で汚れているからだろう。構わず、レティシアは彼の右手に頬を寄せる。冷えきった手のひらに熱を分けるように。

「わたくしも、大好きです」

「――うん、知ってる」

照れくさそうにはにかむ笑顔も、レティシアだけのものだった。

幸せな気分に浸《ひた》っていたレティシアは、ウィリアムの手の冷たさにハッと現実に立ち返った。

「寮に帰ってお体を温めましょう！　お風邪を召したら大変ですわっ」

「大丈夫だよ、気温もそこまで低くないし。それより、その髪飾りだけど。不注意で落としたにしては、岸辺から離れ過ぎていたんじゃないかな？」

探るような瞳はとっくに背景を見抜いていそうだ。誤魔化すのは難しいと悟り、白状する。

「ルーシー様との、和解の代償なのです」

「あぁ……」

なんとも言えない面持《おもも》ちになるウィリアム。レティシアは面目《めんぼく》ありません、と目を伏せた。

大丈夫ですからと言い張ってこのざまなのだから、情けない話だった。

「和解の代償ってことは、男爵令嬢は改心してくれたと受け取っていいのかな？」

「……おそらくは？」

「曖昧《あいまい》だね」

「わかってくださったとは、思うのですが……」

ルーシーがレティシアに牙を剝《む》くことは二度とないと、言いきれる根拠はなかった。

レティシアは悩ましい吐息《といき》をこぼす。

「これが物語でしたら、ここからわたくしが怒濤《どとう》の逆襲劇を繰り広げ、紆余《うよ》曲折《きょくせつ》の末にわだかまりが解けるのですけれど」

現実はそうもいかない。ルーシーがわかってくれたと信じるしかない。

悪意を素知らぬ顔で流しても事態は好転しないと学んだので、今後は早めの対処を心がけよう。

ルーシーは特待生だし、己の立ち場を危うくするような行動は控えてくれるだろうと、勝手に思っていたのがよくなかった。誰もが理性的な行動をしてくれるわけではないのだ。

「やってみればいいんじゃない？　レティの華麗な逆襲劇、見てみたいな」

「論外ですわ。狭量で冷徹な公爵令嬢だなんて噂が広まるのは、ごめんですもの」

ウィリアム曰《いわ》く天然で悪女なレティシアだから、ルーシーをぎゃふんと言わせる手段はいくらでも思いつく。それはもう、ありとあらゆる姑息《こそく》な方法が。実行したら公爵令嬢が男爵令嬢をいじめる図にしか映らないので、遠慮しておく。

「そのくらいしても罰は当たらないと思うけどな。レティはサラッと流しているけど、男爵令嬢の行いはなかなかのものだからね。君のことだから、髪飾りの件だって特に怒ったりはしなかったんだろう？」

「呆然としていて、気がついた時にはルーシー様はいなくなっておりました」

ウィリアムからの贈り物を粗末に扱われたのだから、腹は立つ。ただ、その憤《いきどお》りをルーシーにぶつけようとは思わないだけ。どうしても、自制心が先に立つのだ。

「流石《さすが》に怒っていいと思うけど、レティは自分に向けられる悪意には寛容だからな」

「大らかなウィル様の影響かもしれませんわ」

それっぽいことを言ってみると、ウィリアムはあからさまに眉をひそめる。

「またいい加減なことを言う……。悪意の矛先を向けられたのがレティ自身じゃなかったら、君の沸点は高いか低いかで言えば断然、後者だと思うけど」

「おかげさまで、すぐに敵を作ってしまいます」

いい加減な言い回しをすると、ウィリアムはクスクスと笑いだす。

「よかった。調子が戻ってきたね。いつものレティだ」

頬を緩める婚約者を見て、あら、と気づく。

後ろ向きな考えばかりが浮かんで、生徒会室の前を右往左往《うおうさおう》していた時の心境が嘘のよう。すっかり心に余裕が生まれていた。

いつもの調子で、レティシアはからかいの眼差しを向ける。

「ウィル様は、しおらしいわたくしは好みではありませんか？」

「そういう意味じゃあ……。レティは素直さと真面目さが行き過ぎて拗《こじ》らせているから、そのくらい余裕がある方がちょうどいいって話だよ」

拗らせている自覚は十分にあるので、苦笑を抑えきれなかった。

「ウィル様は時々、わたくしの保護者のようです」

「アルトリウス公にレティを学園に通わせてほしいって直談判《じかだんぱん》したのは僕だから、それなりの責任があるって意味では間違ってないかも？」

「その保護者様が冷えたお体をそのままになさって体調を崩してしまわないか、わたくしは気が気でないのですが……？」

夕暮れに染まった周囲はまだまだ明るいし、風も心地よい。だが、それとこれとは別問題だ。

「帰った時の反応を想像すると、気が重たいんだよね……」

大人びていた婚約者様が急に子供みたいなことを言いだす。憂鬱《ゆううつ》そうに肩を落とすウィリアムの可愛さに今日ばかりは絆《ほだ》されるわけにいかず、レティシアは保護者らしく手本を示してくださいませ、と帰寮を促《うなが》した。

# 第4話　一難去らずにまた一難

「アルトリウス公爵令嬢が、どんな人物か？」

アダム・ラドフォードは、予想もしていなかった話題に目を瞬《しばた》かせた。

向かいの席では朝食に手をつけることもせず、ブライア侯爵家の三男ハルトが大真面目《おおまじめ》な顔をしている。

「そんなの、殿下に直接尋《たず》ねればいいじゃないか。君と殿下の仲なら、野暮《やぼ》な質問だって咎《とが》められたりしないだろ？」

離れた席で朝食を摂《と》るウィリアムを目で示すと、ハルトが慌《あわ》ててだめだって、と言ってくる。食堂に入ってきた時から、彼はなんだか挙動不審なのだ。

不思議に思いつつ、そういうことかと合点《がてん》がいく。普段は王太子にべったりでアダムと親しくもないハルトが今朝に限って声をかけてきた理由。アダムが第一男子寮の生徒で唯一、アルトリウス公爵令嬢と同じクラスだからだろう。

ハルトに限らず、この寮でアダムが親しくしている生徒はいない。

王立学園の男子生徒は四百名以上にも及ぶが、第一男子寮に属しているのはたったの二十名。王族であるウィリアムを筆頭《ひっとう》として、王国でも屈指《くっし》の家柄を誇る公爵や侯爵といった名家の出ばかりが集《つど》っている。一人であれば使用人の同伴まで許可されているのだから、第一男子寮と第一女子寮は規格外だ。

アダムの実家であるラドフォード家は伯爵位を戴《いただ》いている。歴史だけは古いので由緒《ゆいしょ》あるといえばそうなのだが、現代の貴族社会では影が薄く、同じ伯爵でも政《まつりごと》の中枢《ちゅうすう》を担《にな》うサーペント家の嫡男《ちゃくなん》アレクシスとは雲泥《うんでい》の差。

他寮と違って一人部屋なのは楽だけれど、肩身が狭いのも事実。食堂の隅っこで一人、黙々と食事を摂るのが常だった。

そんなだから、ハルトが話しかけてくれたのは嬉しいし、頼ってもらったからには力になりたい。だが、語れるほどレティシアという令嬢のことを知らないので困ってしまう。

「昨日さ……ウィル様、ひどい有様だっただろ?」

あぁ、と相槌《あいづち》を打つ。

昨日の夕方頃、寮に帰ってきたウィリアムは泥だらけで、寮内を騒然とさせた。アダムは遠巻きに窺《うかが》っていただけだから、詳しい事情はさっぱりわからない。

「そのことと、公爵令嬢を気にするのと、どんな関係が?」

「ウィル様はうっかりで池に落ちただけって笑ってたんだけどさ、なんだか怪《あや》しい感じがするっていうか。公爵令嬢に何かされた可能性とかもあるんじゃないかって思うんだよね。ウィル様、人が好《い》いし……婚約者ってだけで庇《かば》いそうじゃない？」

雨上がりで地面がぬかるんでいれば、足を滑らせることもあるだろう。だが、ここ数日は晴れ続き。うっかり池に落ちる絵面《えづら》は想像し難《がた》く、ハルトの言う怪しい感じは、わからないでもなかった。ただ、それだけで婚約者を庇っていると捉《とら》えるのは、想像が飛躍し過ぎている気がした。

「ちゃんとした根拠もあるんだって」

アダムの胡乱《うろん》げな面持《おもも》ちを見て、ハルトは慌てたように言う。

「ウィル様、俺との約束を反故《ほご》にしてまで公爵令嬢に付き合ったんだよ。ウィル様は忘れてたって言ってたけど、絶対に俺との約束が先だったと思うんだ。ウィル様、二重約束《ダブルブッキング》にはすごく気をつけてるし。いつもなら俺との約束を守ってくれたはずなのに公爵令嬢を優先したのって、そうせざるを得ないくらいわがままな人だからなんじゃないかなって」

レティシアはとても可憐《かれん》な令嬢だ。クラスの男子生徒がひそかに彼女を目で追っているのを、アダムは知っていた。ただ、みんな口を揃《そろ》えて目の保養枠、と言う。身分の高さや王太子の婚約者という立場が親しく接するのを躊躇《ためら》わせるのだが、要因はそれだけじゃない。なんというか、近寄り難い独特な雰囲気があるのだ。常に圧を感じるというか。ふわふわ笑っているだけなのに不思議な話だけれど。

「わがまま、か……。どうなんだろう？　俺はよくわからないご令嬢としか答えられないな。申し訳ないけど」

「そっかぁ〜〜」

がっかりしたように肩を落とすハルトに、アダムは首を捻《ひね》る。

「でもさ、それを知って君はどうするんだい？　仮にアルトリウス公爵令嬢の人柄が——」

「レティシアが、どうかしたのか？」

割って入った声に、ハルトがわあっと身体を震わせた。声をかけてきたのはアレクシスだった。

鋭い双眸《そうぼう》が二人を見下ろしている。

誤魔化すようにハルトが声量を上げた。

「びっくりしたあ。アレク先輩、俺に何かご用ですか？」

わざとらしく聞こえたが、アレクシスは不審な顔をしただけでそれ以上は追及してこなかった。

代わりにハルトに向けて封筒を差し出す。大きな茶封筒には、生徒会希望調査《アンケート》と記されていた。

お礼を言って受け取るハルトに、アレクシスは厳しい顔で言う。

「元はハルトの仕事なんだから、集計結果が合ってるかどうか、自分でちゃんと計算してからウィルに提出しろよ？」

「はあい」

用件はそれだけだったようで、アレクシスはすぐにテーブルを離れていった。ハルトはあからさまにホッとした顔をしている。

何の話をしていたのだったか。少し考えて、思い出す。

「えっと。そう。公爵令嬢の人柄が褒《ほ》められたものじゃなくて、裏では殿下を困らせているとしたら、君はどうするつもりでいるんだい？」

「決まってるよ。俺が公爵令嬢にビシッと注意してあげるんだ。政略結婚だから我慢も必要かもしれないけど、性悪《しょうわる》な婚約者に振り回されるなんて、ウィル様が気の毒だもの」

余計なお世話なのではないかと思ったが、事実がハルトの懸念《けねん》通りなら、物腰穏やかなウィリアムの性格上、ありがたかったりするのだろうか。

常日頃からウィル様、ウィル様、と王太子に纏《まと》わりついているハルトだ。そんな彼だから、ウィリアムが婚約者からひどい仕打ちを受けているのではないかと心配で、居ても立ってもいられないのだろう。

アダムはふと、レティシアと一度、正面から目が合ったことを思い出した。あの時レティシアは、アダムの友人であるルーシーに自《みず》ら声をかけていた。ルーシーの口からレティシアの話題が出たことはないはずだが、実は親交があったりするのかもしれない。

「そんなに気になるなら、クラスの友達に聞いてみようか？　俺よりは詳しいんじゃないかな」

思いついた時には、そう口にしていた。ハルトは目を輝かせて助かるよ、と飛びついてくる。

「初めて話したけど、君っていい人だね」

ニコニコと笑うハルトは、同学年でありながら弟のよう。アダムの目には微笑ましく映った。

◇◇

郵便受けにメッセージカードが届いたのは、休日の朝のことだった。差出人はハルト・ブライアだ。美しい花型のカードには、レティシアと二人で話がしたいと書いてあった。

カードに記載されていた通り、午後二時に西庭園のガゼボに到着すると、すでに木製のベンチに腰かけるハルトの姿があった。

「ごきげんよう、ハルト様」

声をかけると、サラサラの茶髪を揺らしてハルトがこちらを見る。タレ気味な薄緑の瞳を縁取《ふちど》る睫毛《まつげ》は長く、お人形みたいな容貌だ。

「今日は公爵令嬢にお願いがあって呼んだんだ」

向かいのベンチにレティシアが座ると、ハルトはそう切り出した。

「お願い、ですか？」

「このあいだ、ウィル様が泥まみれで帰ってきたんだ。公爵令嬢のせいだって聞いたけど、本当？」

レティシアは目を瞬《またた》かせた。

「そのお話は、どなたから？」

レティシアのせいと言えばその通りなのだが、ウィリアムがそんな言い回しをするとは思えなかった。

「俺の友達。公爵令嬢が池に髪飾りを落として、それをウィル様に拾わせたって。本当の話？」

「概《おおむ》ね、事実かと」

その友達が誰なのか気になったが、レティシアはとりあえず頷《うなず》いた。ハルトの可愛らしい顔がさっと曇る。

「ウィル様ってさ、すっごく優しいよね？」

「はい。殿下は大らかでとても優しい方ですわ」

「うん。だからさ、ウィル様自身は不満とか言わないかもしれないけど……。それをいいことに、あんまり困らせないであげてほしいというか」

「困らせる……ですか？」

ハルトが何に対して苦言を呈しているのか、イマイチよくわからない。大きく首を傾けたレティシアは、あっ、と思い至る。

「そうですね。生徒会室の前まで押しかけたことは、殿下に多大なご迷惑をおかけしてしまいました。以降、気をつけますね」

ハルトとの約束を後回しにさせてしまったことも申し訳ないし、耳目《じもく》を集めてしまったのも反省すべき点だ。

「え、と？　なんの話？」

「……違いましたか？」

微妙な沈黙が流れて、二人は暫《しば》し見つめ合う。焦《じ》れったそうにハルトが口を開いた。

「だからさ、このあいだ公爵令嬢がしたことだよ。池に落とした髪飾りをわざわざウィル様に拾わせるとか、する必要ないだろ？」

「……そうですわね。殿下のお心遣《こころづか》いを嬉しく思ってしまいましたが、臣下としてお諫《いさ》めすべきでした……」

「え？」

「はい？」

またも、顔を見合わせる。

「ウィル様が池に入ったのは、公爵令嬢がウィル様に頼んだんだよね？」

「いいえ？　殿下が自分からお入りになりました」

「え？　なんで？」

「え？　ですから、わたくしが落としてしまった髪飾りを拾うために――」

「そうじゃなくて！　ウィル様は王太子なんだよ？　王族だよ？　それがなんで池に入るなんて品位を損《そこ》なう行動を、自分からするのさっ」

それがウィリアムという人だからなのだけれど。言葉で説明するのはなかなか難しい。

「先ほどハルト様がおっしゃった通りかと。殿下はお優しい方ですから。わたくしにとって大切な髪飾りでしたので、王太子として褒められた行いではないと自覚しながらも——」

「そんなの、嘘に決まってる」

「嘘？」

レティシアの主張すべてを否定するかのように。ハルトが強くかぶりを振った。

「ウィル様は優しいけど、そこまではしないって。あの人は王太子としての立場をよくわかってる。池の中に入るなんてはしたない真似、自発的にやるものか。公爵令嬢がウィル様に無理強《じ》いしたんじゃないの？」

「……なぜ、嘘だと決めつけるのでしょうか？」

「ウィル様をよく知ってるからだよ。いつだって王族としてみんなの手本であろうと心がけてるあの人が、品位に欠ける真似をするはずないって。婚約者なのにウィル様を貶《おとし》めるような作り話、最低だ」

憤《いきどお》りに燃える瞳を見たレティシアは、何を言っても堂々巡りになる予感がした。レティシアとハルトのあいだで、ウィリアムの人物像に差異があるのだ。

誤解を正すことは諦《あきら》めて、気になっていたことを尋ねた。

「殿下が髪飾りを拾うために池に入った。ハルト様はこのお話を、どなたから聞いたのでしょう？」

「公爵令嬢がウィル様に拾わせた、だよ」

「そちらの解釈でも構いませんが。お友達というのは？」

「君の級友だよ。ラドフォード君。正確には、彼じゃなくてその友達だけど」

ラドフォード君。大人しそうな伯爵令息の顔がパッと目に浮かんだ。その彼に親しげな様子で話しかける女子生徒の姿も。

なるほど。つまり、ルーシーか。

教室で二人が仲睦《むつ》まじく語り合っているのを目にしたことがあるし、髪飾りを池に落としたことを知っているのはルーシーだけ。そう考えると辻褄《つじつま》が合う。ルーシーはアダム・ラフォードにあの日のことを、悪意を持って語ったのかもしれない。

ウィリアムが可愛がっている後輩をけしかけてくるなんて、悪質極まりなかった。

「俺が答えたんだから公爵令嬢も正直に答えてよ。普段からわがまま放題な態度でウィル様を困らせてるの？」

軽蔑《けいべつ》と疑惑《ぎわく》の入り混じった眼差《まなざ》し。

正直に答えてと言われても。ハルトにとって都合のいい話しか信じてくれそうにないのに。最近はこんなことばっかりで、辟易《へきえき》した気持ちでいっぱいになる。

ハルトの主張はレティシアにとって理解しがたいものだった。だって、そうじゃないか。ハルトの意見が正しいということは、ウィリアムは婚約者のわがままに振り回されるだけの、情けない王太子様になってしまう。ハルトの目に、ウィリアムはそんな風に映っているのだろうか。レティシアに文句をつけに来るくらい、慕《した》っている様子なのに。

ウィリアムが親しくしている後輩と事を荒立てるのは、本意じゃない。本意じゃないのだが、どうしても言いたいことがあった。

「勘違いを、正しておきますね」

レティシアはにっこりと微笑んだ。

「殿下はお優しい方です。だからといって、婚約者のわがままを窘《たしな》めることもできない甲斐性《かいしよう》なしではありません。ハルト様の殿下を慕うお気持ちが真のものであるなら、殿下に対する認識を正しくお持ちになってくださいな。現状では、話になりませんわ」

ウィリアムを慕っているのなら、きちんと彼を見てくれないだろうか。優しさから婚約者のわがままを窘めることもできない。そんな情けない人じゃないというのは、側にいればわかるはずだ。

「……っ、なんだよ、それっ」

かちんときたようで、大きな瞳がつり上がった。

「俺がウィル様のことをわかってないみたいな……っ！」

「みたいではなく、理解されていらっしゃらないかと」

「ウィル様のことならよく知ってるよ！　政略結婚の相手でしかない公爵令嬢よりも、一緒にいる時間はずっとずっと長いんだ。わかってないのはそっちじゃないかっ」

レティシアなりにウィリアムを慮《おもんぱか》って、側にいたい気持ちをぐっと堪《こら》えて距離を取っているのに。こんな風に侮《あなど》られるのは、我慢ならない。

ムキになって声を荒らげるハルトに、レティシアも負けじと言い返す。

「わたくしは、殿下の正式な婚約者です。ハルト様は殿下にとって出逢《であ》って半年足らずの後輩。過ごしてきた時間の長さではわたくしが勝っております。そんな方がわたくしに優位性を主張しても、説得力に欠けますわ」

「なんだよ、偉そうに。ルクシーレの薔薇《ばら》とか言われて、天狗《てんぐ》になってるんじゃない？　要するに顔だけの令嬢ってことだろっ？」

「頭もいいです」

大事なことなので、しっかりと訂正を加える。

「……っ、頭がいいなら、ウィル様の足を引っ張るような振る舞いするなよ！」

「そのような振る舞いはしておりません」

ごくたまにしか。たぶん。

「じゃあなんでずぶ濡れの泥まみれになるんだよっ⁉」

「ですから、それは——」

案の定《じょう》、話が戻って嘆息《たんそく》する。

「婚約者のいらっしゃらないハルト様には、理解の及ばないお話かと」

投げやりに答えて立ち上がる。ハルトが鋭く制した。

「話はまだ終わってないよ」

険のある瞳を意に介さず、首を傾《かし》げる。

「これ以上お話ししても、時間の無駄に終わるのは目に見えております。ハルト様はそれほどまでにお暇《ひま》なのですか？」

「君、本当にあのウィル様の婚約者？」

そういうあなたは本当にウィル様の可愛い後輩なのですか、と言い返したくなるのをぐっと堪《こら》えて。

「はい。殿下曰《いわ》く、自慢の婚約者だそうです」

優雅な微笑みと共にそう告げて、レティシアはガゼボから立ち去った。

◇◇

休日明けの、気怠《けだる》い月の曜日《フェイル・リラ》。放課後の生徒会室に漂う弛緩《しかん》した空気を打ち破ったのは、乱暴な足音だった。バンッと激しい音を立てて扉が開く。

「ウィル様！　アルトリウス公爵令嬢との婚約は考え直した方がいいと思うんですッ！」

生徒会室に飛び込んできたハルトが、威勢よくそう言った。

おいおい、と。アレクシスは頭を抱《かか》えたくなった。後輩の発言に、背後のウィリアムはどんな想いを抱いたのか。

アレクシスが座るソファの後ろ――執務机に向かっていたウィリアムは、穏やかな声音で応《こた》えた。

「昨日の午後にハルトが公爵令嬢と二人で会っていた話は耳に挟んだけど……。ハルトの意見は彼女と話してみての感想ってことなのかな？」

困惑《こんわく》しながらも、なんとか事情を把握しようと努めているのが伝わってくる。

「ウィル様とレティシア様のご婚約は陛下が取り決めたもの。婚約の解消なんて非現実的だと思うけど」

暇を持て余すように哲学書を読みふけっていたシルヴィアが、ぼそりと口を挟んだ。アレクシスの向かいに座った彼女は呆《あき》れた顔を隠さなかった。

「そんなのわかってますよ！　わかってても言いたくなるくらい、公爵令嬢がひどい人だったんですっ」

「ひどいっていうのは？」

「なんていうか……ものすごく嫌味っぽい」

それはわかる、とアレクシスは心の中だけで同意した。頭の回転が速いレティシアは弁が立つ。的確に痛いところを突いて正論を吐いてくるので、嫌味っぽく響くのだ。

「ハルトが公爵令嬢と二人で会っていたのは、どうして？　彼女は僕の婚約者だし、異性と二人きりになること自体、外聞がよくない。君は僕の友人だから誤解が生じることはまずないけれど、なるべくなら避けるべき状況だ。よほどの理由があったんだよね？」

「え、それは……えぇと」

口ごもるハルトに、ウィリアムがやんわりと続ける。

「隠し事をしたまま公爵令嬢を一方的に非難するのは、どうなんだろう？」

口調は優しいが、明確な叱責《しっせき》だった。良くも悪くも素直なハルトには響いたのだろう。先ほどまでの威勢はどこへやら。しゅん、と肩を落としている。

「公爵令嬢に、確認したくて」

「確認？」

「ウィル様が泥まみれになったのは、公爵令嬢が落とした髪飾りを拾うために池に入ったからなんですよね？」

あの姿は品行方正なウィリアムらしからぬものだとは思っていたが。初めて聞く事情にアレクシスは納得した。他の誰でもないレティシアのためなら、ウィリアムはちょっぴり無茶をすることもある。

「どうしてハルトがその話を知っているんだい？」

「友達に教えてもらって……。でもウィル様が進んでそんな真似するはずないし、だから、えぇと。公爵令嬢が無理強いしたんじゃないかなぁって」

「それを、そのまま、彼女に伝えたのかい？」

「え、と。まぁ……」

ウィリアムとアレクシスは同時にため息を吐《つ》いた。シルヴィアはとっくに興味をなくしたようで、黙々と本を読んでいる。

レティシアは気位《きぐらい》の高い少女だ。ハルトの難癖《なんくせ》に、どんな辛辣《しんらつ》な言葉を返したのやら。

「その髪飾りは、公爵令嬢にとって思い入れのあるものだったんだ。彼女に強制されたわけじゃない。大切なものを失《な》くして困っている婚約者の力になりたくて、僕が自分から池に入ったんだよ」

ウィリアムが諭《さと》すように言うが、ハルトは納得がいっていない様子だ。腑《ふ》に落ちませんと顔に書いてあった。

「僕の言葉は、信じられない？」

「だって、ウィル様が王太子にあるまじき行動を取るなんて信じられないですよ。だから俺、公爵令嬢を庇《かば》っているんだと思って――」

「褒められた行動じゃないとわかっていたから、うっかりってことにして誤魔化したかったんだ。彼女は僕に何も強制していないよ」

「…………」

疑わしげなハルトに、ウィリアムは苦笑を深めた。

「ハルト。僕と公爵令嬢の仲は良好だよ。僕が君と出会うずっとずっと以前から、今に至るまでね」

「ウィル様の婚約者には、もっと相応《ふさわ》しい令嬢がいると思います。育ちがいいだけじゃなくて、気立てもいい……あんな気の強い人――」

「僕の婚約者である以上、公爵令嬢は次期王妃だよ？　将来の臣下に言いがかりをつけられて、何も言い返せない令嬢の方が僕に相応しい？」

「それは……っ」

やり込められてハルトが言葉に詰まったところで、アレクシスは割って入った。

「ハルトの負けだって。素直に謝っとけよ」

「俺が悪いんですか？」

「少なくとも、ウィルの婚約に口を挟める立場じゃねぇのは確か。余計なお世話ってやつ」

窘めながら、アレクシスはウィリアムに目配せした。視線が絡《から》んだのは一瞬だ。その刹那《せつな》で、二人は無言のやり取りを交わした。

「だってあの人が……っ！」

「言い過ぎだよ、アレク。僕が軽率だったから、ハルトに心配をかけたんだよね。ごめんね」

困り顔でウィリアムが謝罪すれば、ハルトは弱ったように頭をかく。ハルトの気勢はすっかり削《そ》がれていた。

ウィリアムのこういうところは偉いよなーといつも思う。付き合いの長いアレクシスは、ウィリアムが全面的にレティシアの味方だと知っている。王太子として誰に対しても平等を心がけている彼だが、昔から婚約者には『ど』が複数個つきそうなくらい甘い。

レティシアの肩を持ってハルトを叱《しか》りたいのが本音だろうに。自身の影響力をよく理解しているウィリアムは、好感も嫌悪も穏やかな微笑みの下にしっかり隠すのだ。どんな時でも感情的にならない彼は本当に偉いし、そのしんどさを想像するとぞっとする。誰にだって好き嫌いはあるはずなのに、王族だから表に出してはいけない、なんて。

「話がついたなら、ウィルは俺が借りてもいいか？　資料室に付き合ってほしいんだけど」

「資料室？　何するんですか？」

「どーでもいい調べ物」

ウィリアムを連れ出す口実に過ぎないので、アレクシスの返事はいい加減なものだ。

ウィリアムは苦笑いしていたが、ハルトは特に気にならなかったようで、ふぅん、と納得した。

「そういうことみたいだから、少し外すね。ハルト、心の整理がついたら公爵令嬢にお詫《わ》びするんだよ？」

「ウィル様まで俺が悪いって言うんですか？　散々な物言いをされたのに……」

唇を尖《とが》らせる後輩に、ウィリアムは穏やかに言う。

「ハルトがそこまで腹を立てているんだから、公爵令嬢の態度にも問題があったんだろうね。でも、誤解から難癖をつけておいて謝罪もしない——僕はハルトがそんな子だと思われるのは、嫌だな」

物は言いようだなーと感心する。

「考えておいてくれるかい？」

「……はぁい」

渋々といった様子で折れたハルトに苦笑を向けるウィリアムを伴って、アレクシスは生徒会室を後にした。

廊下を少し歩いたところで、ウィリアムが足を止めた。ひと気《け》のない廊下で、彼は深くため息を吐き出す。

「気を遣わせてごめん」

困ったように微笑む親友に、別に、と返したアレクシスは、壁に背を持たせかけた。

「ウィルがハルトを放り出してレティシアを優先したもんだから、拗《す》ねてるんだよ。本気でレティシアに敵愾心《てきがいしん》を抱いてるわけじゃないさ。大目に見てやれよ」

ウィリアムが明確にハルトよりレティシアを優先したから、粗《あら》探しを始めた結果、思い込みの激しさが暴走しただけ。他愛ない嫉妬《しっと》だ。視野の狭いところはあるが、ハルトは悪いやつじゃない。レティシアが気に入らないからいじめてやろうとか、そういう発想には至らないはずだった。

「わかってるよ。僕が悪い」

弱ったように眉尻を下げるウィリアム。大人の対応に、悪戯《いたずら》心が芽生えた。

「実際のところ、どんな心境なんだ？」

「んー？」

「あそこまで慕われて、王太子冥利《みょうり》に尽きるのか、流石《さすが》に面倒なのか」

アレクシスなら余計なお世話だと一蹴《いっしゅう》してしまう事案だ。ウィリアムは苦笑を深めた。

「レティに苦労をかけてしまって申し訳ないなって」

どこまでも優等生な発言だが、ウィリアムの場合はこれが本心なのだから眩《まぶ》しくて仕方ない。

「レティシアもなあ。あの見た目を活《い》かしてしおらしくしておけば、だいたいのことは上手《うま》くいくだろうに」

可憐な花みたいな美貌をもっと活かせばいいのにな、とアレクシスは常々思っている。世間知らずで単純なハルトは、レティシアが可愛らしく応対すればあっさりと絆《ほだ》されるだろうに。

「人付き合いの不器用さとかも含めて、父親によく似てるよな」

アルトリウス公爵は、アレクシスが最も近づきたくない貴族だ。寡黙《かもく》で無愛想。辛辣でとにかく容赦のない公爵は他人を路傍《ろぼう》の石ころ程度にしか思っていなさそうで、幼い頃は彼を前にするだけで萎縮《いしゅく》した。今は流石に、虚勢を張る度胸は身につけたが。

レティシアの容赦のなさは、父親譲りに見える。

「昔、レティは公爵夫人にそっくりだって、母上が口癖のようにおっしゃっていたな」

「容姿の話だろ？」

レティシアを産んですぐに亡くなってしまった公爵夫人。彼女の肖像画を、一度だけ目にしたことがある。王妃が評する通り、レティシアの容貌は母親によく似ている。

「内面も含めて、だよ」

「…………」

夫人まで公爵と近しい人柄。想像するだけでぞっとした。アレクシスが渋い顔をすると、ウィリアムがははっ、と笑う。

「アレクが何を想像したのかはわかるけど、ハズレだよ。公爵夫人は純真無垢《むく》で、可愛らしい方だったんじゃないかな？」

「どこがレティシアと似てるんだよ？　改善しようって努力は見えるけど、可愛げとは無縁な子だろうが。自分に厳しい分、他人にも辛辣だし」

「そうかな？　そのものずばりだと思うけどな」

「昔から思ってたんだけどさ、ウィルのレティシア像ってめっちゃくちゃ美化されてるよな」

「アレクのレティ像が歪《ゆが》んでいるんだよ」

不服そうにウィリアムが言う。

レティシアと初めて顔を合わせたのは彼女が十一歳の時だが、ウィリアムから婚約者の話を聞く機会はそれ以前にも多々あった。天真爛漫《てんしんらんまん》で可愛らしい女の子だと聞いていたのに、いざ会ってみたら無愛想で可愛げのない令嬢だったものだから、当時の驚きは忘れられない。

誰もが認める美貌はもちろん、明晰《めいせき》な頭脳に加えて潔癖な気質を考えればウィリアムの婚約者に相応しいと思ってはいるが。

窓の外。沈み始めた夕陽に彩られた庭園を眺めながら、ウィリアムがぽつりと呟く。

「レティがアレクの印象通りの子なら、僕の心配も減るんだけどな……」

「俺にはお前の心配がまったく理解できないよ」

レティシアの何がそこまでウィリアムの目を眩《くら》ませるのか、アレクシスには理解不能だ。態度こそ気安いが、ウィリアムの中ではアレクシスもまた、平等な他人の一人だ。レティシアだけを甘やかすのが、不思議でならない。

二人の婚約は、政界の均衡《きんこう》を考慮して取り決められたものだ。典型的な政略結婚であっても、婚約者というだけで特別な情が湧くものなのだろうか。

「アレクにも婚約者ができれば、わかるかもしれないね」

悪戯っぽく微笑む瞳には、好奇心が滲《にじ》んでいる。

「ウィルを見てると、婚約者なんて面倒くさいとしか思えないんだが？」

「偏見だって。今の僕が在《あ》るのは、婚約者がレティだったからこそだよ？」

「婚約者がひねくれてるから真っ直ぐ育ったわけね」

せせら笑うと、ウィリアムは顔をしかめた。

「……どうしてそう、歪んだ解釈をするかな」

「そりゃあ、俺にとってのレティシアはそういう令嬢だからな」

「思いやりのある優しい子なのに」

「優しい……のか？　あー、まあ。どうだ……？」

言わんとすることはわからなくもないのだが、どうしたって自分に厳しい分、他者にも厳しい令嬢という印象が先行する。アレクシスが眉間《みけん》に皺《しわ》を寄せると、ウィリアムは真剣な顔になった。

「優しい子だよ。僕はそのままでいてほしいけど……難しいね。レティの気遣いが仇《あだ》になって、起こるはずのない問題が起こってしまっている。どうにでもなるはずなのに拗《こじ》れているのは、情の絡《から》まない王宮と違う分、目を瞑《つぶ》ってあげたくなるんだろうな……」

レティシアが面倒事の渦中にあるのは漠然《ばくぜん》と察しているが。詳しい状況は聞いていないので、アレクシスには何が何やら、だ。

「ねぇアレク。ハルトが言っていた友達って、誰のことだと思う？」

「は？」

独り言かと思っていたのに急に話を振られたものだから、アレクシスは間抜けな声を上げてしまう。

「ハルトが言っていただろう？　僕が池に入ることになった経緯《けいい》を友達から教えてもらったって。アレクは、誰を指していると思う？」

「俺に聞かれてもなあ……」

学年クラスを問わず、ハルトの友人は多い。見当もつかないが、ウィリアムがやけに真面目な顔をしているので、アレクシスも考えてみた。そういえば、ハルトに関して一つ気になったことがあったなと思い出す。

「いつもウィルにべったりのハルトが、一度だけ朝食の席で離れて座った日があったのは憶えてるか？　ほら、ウィルが泥まみれになって寮をざわつかせた次の日。あの時ハルトが親しくもないラドフォードと話していたんだが、レティシアの名前がちらっと聞こえたんだよな」

ハルトがウィリアムの近くに来ないのは非常に珍しかったし、声をかけようとしたらレティシアの名前が聞こえてきたので、印象深い出来事だった。

「俺が声をかけたら、あからさまに詮索《せんさく》しないでくださいって顔に書いてあったんだよなあ。ハルトと何を話していたのか、ラドフォードに確認してみれば？　レティシアとラドフォードは同じクラスだし、ハルトの友達ってのはラドフォードの紹介で知り合った可能性だってあるだろ？　望み薄かもしれないが、聞くだけ聞いてみれば？」

「ラドフォード伯のご子息か……」

ウィリアムが黙り込む。

窓の外に視線を向けている彼は、思案《しあん》にふけっている様子だ。あまりにも長く沈黙が続いたので、端整な横顔に尋ねてみた。

「何を考えているんだ？」

「……悪巧《わるだく》み、かな」

「似合わねー台詞《せりふ》」

アレクシスの感想に、ウィリアムは苦笑した。

◇◇

週始めの最後の授業が終わってすぐに教室を出たルーシーは、東庭園を歩いていた。薔薇の香りが漂う生垣のあいだを縫いながら、手に持っているハンカチに目を落とす。アニーたちと結託してレティシアを嵌《は》めた際、彼女から渡された物だ。

バレッタを湖に投げ捨てた時、ルーシーは胸がすく想いだったし、気も晴れた。潮時だというのは本心だったから、今後は関わるつもりがなかった。昨日までは。

今朝、登校してきたレティシアの様子を見て、気が変わった。今日も今日とて、彼女は能天気にヘラヘラと笑っていた。あの件がまったくこたえていないのは明らかだ。

考えてみれば当然のことだった。大した問題じゃないでしょ、というルーシーの嫌味は見当違いで。本当に、公爵家の令嬢であるレティシアにとって大した問題ではなかったのだ。大貴族の令嬢が装飾品を一つ失ったところで、ショックを受けるはずがない。あんなことで報《むく》いを受けさせた気でいた自分の貧乏臭《くさ》さにうんざりする。ルーシーを馬鹿にしたことを後悔させてやりたいのに。

レティシアを懲《こ》らしめる案は、すでに思いついていた。

レティシアに興味があるらしいハルトを利用するのだ。王太子の婚約者がどんな人物なのか、ハルトが気になっている様子だから君の口から何か聞けないだろうか。

アダムにそう問われ、レティシアがいかに嫌味な令嬢なのかを細々と説明した甲斐があったらしい。今日一日、レティシアは物言いたげにルーシーを見ていた。避け続けていたら、午前の授業が終わるころには諦《あきら》めたのかこちらへ寄ってはこなかったが。

昨日の午後、レティシアとハルトがガゼボで会っていたという話を寮で耳にしたから、きっと二人は揉《も》めたのだ。ルーシーがけしかけたと結びつけ、文句を言いたくなったのだろう。問い詰められたところで痛くも痒《かゆ》くもないけれど。ルーシーはレティシアの印象を語っただけなのだから。あくまでここまでは、だけれども。これからの行動が大事だった。

ルーシーの仕業《しわざ》だとバレない手段を用いて、ハルトの悪感情を煽《あお》る必要がある。可愛がっている後輩がレティシアを毛嫌いすれば、ウィリアムは婚約者に愛想を尽かす。レティシアは裏ではひどい令嬢なのだと気づき、軽蔑するはずだ。破談にでもなれば胸もすく。

「そうよ……。そのくらいの目には遭《あ》ってもらわなきゃ」

どうしたって、許せない。

ハーネット男爵家が没落するきっかけを作ったのは亡くなった祖父だ。王宮でへまをやらかしたことで領地を失ったものの、地方の屋敷だけは没収を免《まぬか》れた。堅実に運用すれば残った財産で暮らしていけるはずだったのだが、現在の男爵家は多額の借金を抱《かか》え、つましい生活を送っている。

人の好《い》い両親が知人に騙《だま》され、財産を失うどころか借金を作ってしまったのだ。それも、普通に働くだけでは一生を費やしても返済できないほど莫大《ばくだい》な金額を。ルーシーが八歳の時のことだ。信用していた知人に裏切られ、意気消沈《しょうちん》する両親の姿は今でも鮮明に憶えている。

ルーシーには十一歳の可愛い弟がいる。貧しい生活に不満一つこぼすことなく。ハーネット唯一の財産である屋敷を毎日一生懸命掃除して、誇らしげに笑っている弟は幸せになるべき子だ。家族が路頭に迷う未来を回避するため、ルーシーは死に物ぐるいで努力してきた。

教会の神父様に勉強を教わり、血眼《ちまなこ》になって学を身につけ、三度目にしてようやく学園の入学試験に受かったのだ。莫大な借金をどうにかするには、この道しかなかった。出世する、あるいは玉の輿《こし》に乗って男爵家を立て直すと決めていた。

学費など払えるはずないから、全額免除の特待生でいることは絶対の条件。そのために今だって、ルーシーは毎日必死に授業を受けて、空き時間の大半を自習に割いている。ルーシーは今日まで懸命に努力してきた。

だというのに、レティシアは。なんの苦労も知らず、のうのうと過ごしてきたであろう彼女になぜ、ルーシーが嘲笑《あざわら》われなくてはならないのか。美貌、家柄、教養。なんでも持っているくせに、みんなの王子様であるウィリアムまで独占しようとしているレティシアの強欲さに、苛々《いらいら》する。

大貴族の家に生まれた。その要素だけで、レティシアはルーシーの上に立つ。なぜ自分だけがこんなに頑張らなくてはいけないのか。人生が虚《むな》しくなる。彼女を前にすると、ルーシーの人生はみじめだと突きつけられているような気分になる。

悔しくて憎くて、たまらなかった。

「絶対に、目にもの見せてやるんだからっ」

アニーたちと一緒になって馬鹿にしたことを、後悔させてやるのだ。ルーシーは、レティシアに見下されるような存在じゃないと証明してみせる。

噴水の側までやってきたルーシーは、ベンチの上で寝転ぶ男子生徒に目を留《と》める。頻繁《ひんぱん》に授業をサボってここで寝ているこの伯爵令息を利用して、レティシアを痛い目に遭わせてやるのだ。

◇◇

「なんだよっ、これ！」

下校を促《うなが》す十七時の鐘の音と共に生徒会室を施錠し、帰寮したハルトは、自室の扉を開けてぎょっとした。

部屋の様相が明らかにおかしかった。椅子が倒れ、学習机の引き出しが乱雑に開け放たれている。誰かがハルトの部屋を物色したとしか思えない光景が広がっていた。

慌てて部屋に飛び込んだハルトは、上から順に引き出しの中身を確認していく。あっと気づいた。

「生徒会の希望調査《アンケート》がない……っ？」

今朝、登校する前にきちんとしまったはずの回答用紙と集計結果が、ごっそりとなくなっていた。

「嘘だろっ？　よりによってなんで——」

今一番失《な》くしたら困るものが見つからなくて、蒼白になる。視線を更に彷徨《さまよ》わせたハルトは、倒れた椅子の下敷きになっているものに気がついた。落ちていたのは、シルクのハンカチだった。

くしゃくしゃになった布を拾い上げたハルトは、縁《ふち》の刺繍に目を留める。上質な糸を使って織りなされているのは、空想の生き物である一角獣《ユニコーン》と盾《たて》を組み合わせた紋章。それは、アルトリウス公爵家の紋章で間違いなかった。

◇◇

ウィリアムからメッセージカードが届き、放課後レティシアが生徒会室に呼び出されたのは、ハルトとの険悪なやり取りから五日後のことだった。

ハルトとの諍いのことで呼ばれたのかと思っていたレティシアは、生徒会室の扉を開けて目を瞠《みは》った。窓際《まどぎわ》にはアレクシスとハルトの姿がある。そして、ローテーブルを挟んでウィリアムとルーシーがソファに座っていた。

癖《くせ》のあるブルネットの髪が揺れて、ルーシーが振り返る。目が合うと彼女はふいっと顔をそらした。

池での一件以降、ルーシーとは会話を交わしていなかった。あからさまに話しかけてくるなという雰囲気を醸《かも》し出していたし、ハルトをけしかけられたことは困った事態だったが。それ以降は特に何もされていないのでわざわざ咎め立てる必要もないかと思い、ルーシーとは距離を置いていた。

なので、この場に彼女がいたことには驚いた。

「急に呼び出してごめんね。こちらへ」

ウィリアムに促され、レティシアはルーシーの隣に腰を下ろした。向かいに座ったウィリアムが柔らかな声音で言う。

「二人とも、生徒会室まで来てもらった理由に心当たりはあるかな？」

ちらりとハルトを窺う。彼との口論の件かとも思ったが、ルーシーまで呼び出すかという疑問が浮かぶ。当事者といえば彼女も当事者なのだが、ウィリアムたちがそれを把握しているかどうか。

それに、並んで立つアレクシスとハルトの表情は硬く、ピリピリとした空気を纏っていた。穏やかなウィリアムの雰囲気で緩和《かんわ》されているが、室内に漂う空気はどちらかといえば重い。もっと深刻な用件に思えた。

「まったくありません」

「わたくしも、思い当たることは特には……」

揃って首を横に振ると、ウィリアムが困ったように眉根を寄せた。

「一昨日の放課後、ハルトが帰寮したら部屋が荒らされていたんだ。誰かがハルトの部屋に無断で侵入して物色した――それだけでも困った話なのは伝わると思うんだけど。特に問題なのが、ハルトが管理していた希望調査《アンケート》の回答用紙と集計結果が丸ごと持ち去られてしまったことなんだ。君たちも回答した、特別講師にまつわる希望調査《アンケート》だよ」

先日レティシアが手伝ったものだ。この場にルーシーが同席している意味を考えると、嫌な予感がした。

「犯人はもうわかっているんだ。その日、早退していた生徒が他寮の生徒と廊下ですれ違ったと教えてくれてね。他の生徒はまだ授業を受けている時間帯だったから、不思議に思ったみたいだね」

男子寮に女子生徒が立ち入ることは禁止されている。逆も同じだが、同性であれば所属寮以外も自由に行き来できる。とはいえ、所属生徒が極端に少ない第一男子寮だから、他寮の生徒を目撃すれば印象に強く残るだろう。

「他寮の生徒というのは、クレンディル伯爵家の三男坊だよ。気分で授業をサボる。物腰は常に喧嘩腰。課題も未提出が多く、授業態度も悪い。素行に難のある生徒だから、犯人像としてはまあ……納得はできるかな。君たちはどう思う？」

君たち、と言いながらもウィリアムが視線を注いだのはルーシーだけ。彼女はこくりと喉《のど》を鳴らした。明らかに緊張しているのが窺える。王太子を前にしているからなのか、後ろ暗いところがあるからなのか。

量りかねつつ、レティシアはハラハラとした想いで見守る。

「……迷惑な人がいるものですね」

ぼそりとルーシーが言う。そうだね、とウィリアムが苦笑した。レティシアの答えを聞くことなく、彼は続けた。

「この件はまだ、生徒会と当事者である伯爵令息しか認知していない。寮監や生徒会顧問へ報告する前に、確認しておくべきことがあったから。彼に話を聞いたところ、軽い処分で済むよう教師にかけ合ってくれるなら、洗いざらい話すと答えてくれた。彼の言い分を伝えるね。自分はハルトが失くしたら困りそうな物を持ち出すよう頼まれただけ。持ち出した書類は焼却炉に捨ててしまったから、どうしようもない」

立ち上がったウィリアムが執務机に向かう。引き出しから彼が取り出したのは、綺麗に四つ折りされたハンカチだった。

「ハルトの部屋に落ちていた物だよ。アルトリウス公爵令嬢。これは、君のハンカチで間違いないかい？」

目の前に差し出されたハンカチを、レティシアはおずおずと受け取った。シルクのハンカチにはアルトリウス公爵家の紋章が刺繍されている。間違いなく、レティシアの物だった。紛失した記憶はないが、手放した憶えならある。ルーシーが踊り場で足を傷《いた》めた際、ハンカチを渡した。きっと、その時の物だ。

現場にレティシアのハンカチが意図的に落としてあったと考えるなら。伯爵令息の、頼まれただけという主張はでっちあげなどではなく――ルーシーが関わっていると確信したレティシアは、困り果てた。

「確かに、わたくしの物で間違いありませんが……」

「誰かに貸した、あるいは落とした憶えはあるかい？」

どう答えるべきか、迷う。

伯爵令息に頼んだ人物というのは、間違いなくルーシーだ。レティシアの差し金に見せかけ、ハルトとの対立を煽ろうとした。そんなところだと思う。

だが、このやり方はまずい。不法侵入、窃盗。事が明るみになれば、ルーシーには処罰が下る。どのような罰が下るかはわからないが、素行に問題ありと見做《みな》され、特待生ではいられなくなるはずだ。

想像するだけで胸が重たくなった。

（わたくしが放置したせいで……）

生徒会の面々に迷惑をかけてしまい、申し訳なさでいっぱいだった。ルーシーの先行きを想像すると、暗澹《あんたん》たる気持ちになる。放置し続けたレティシアのせいで、最悪の事態になっていた。こうなる前にきちんと対処すべきだったと、後悔の波が押し寄せてくる。

どう答えるべきなのだろう。ルーシーにハンカチを貸したと言えば、伯爵令息の発言を裏づけることになる。庇《かば》うべきか、事実を話して生徒会に判断を委《ゆだ》ねるべきなのか。

ウィリアムが、ふっと苦笑した。

「答えにくいなら、ハーネット男爵令嬢と話をしようかな。男爵令嬢。彼は君に頼まれたと証言してくれたよ。山のようにため込んだ課題を肩代わりするという話に飛びついてしまった、と。そのハンカチも、君が彼に渡したらしいね。公爵令嬢の仕業に見せかけるため、現場にわざと残しておくように言われた。彼はそう証言しているけれど、事実かい？」

「そんなの、でたらめな作り話です。そのハンカチはレティシア様の物なんでしょう？　バレた時はあたしの名前を出すよう、レティシア様が言い含めておいたんじゃないですか？」

当然、ルーシーは否定した。

「伯爵令息を利用したのは公爵令嬢の方だと主張するんだね。公爵令嬢はどうして君を犯人に仕立て上げようとしたんだろう？」

「知りませんよ、そんなの。レティシア様に聞いてください。お茶の時間でもあたしをコケにしてくださいましたし、気に食わない何かがあるのでしょうね」

明確な証拠が出てこない限り、水掛け論だ。公正なウィリアムの性格上、確かな証拠もなしにルーシーを教師に突き出したりはしないはず。緊張は伝わってくるが意外と余裕のあるルーシーの態度を見ると、彼女も証拠がなければ言い逃れできると高を括《くく》っているのかもしれない。

だがそれは、大きな誤りだとレティシアは思った。

「時間の無駄だな」

アレクシスの鋭い声が割って入る。彼は冷ややかに告げた。

「人を使っておいて、わざわざ証拠になる物を渡す間抜けが王太子の婚約者なわけないだろ。レティシアとどんな確執《かくしつ》があるのか知らないが、こっちはいい迷惑だ」

ルーシーを睨《にら》み据えるアレクシスは、苛立ちを隠さなかった。

「希望調査《アンケート》は再実施。ウィルは回答用紙の紛失は自分の管理不行届ってことで一年全体に謝罪すると言っているが、ウィル以外の役員は全員反対。一定数、ウィルを非難する生徒が出てくるのは想像に難《かた》くないからな。話し合った結果、再実施の事情説明にハーネットとクレンディィルの名前を出すと決めた。面倒をかけるのは生徒会の過失ではなく、素行不良な一年の悪ふざけが原因だってな。これが、生徒会の総意だ」

アレクシスの宣言にウィリアムが苦笑した。

「そういうわけだから、早いうちに事実を認めてくれると助かるな。僕らは状況的に君が主犯だと確信しているけど、明確な証拠がないまま君を犯人扱いし、名前を晒《さら》すことはできない。かといって、君と伯爵令息が結託して生徒会の書類を盗んだと証明しようにも、調査にかける時間がない。事前に通達した希望調査《アンケート》結果の掲載日まで、三日しか残されていないからね」

柔らかな声音を保ったまま、ウィリアムが続ける。

「だから男爵令嬢に認めてもらいたいんだ。伯爵令息に指示を出したのは自分だと。僕らを相手に、君が嘘を吐《つ》き続けるのは苦しいと思う。将来のことを考えるなら、だけれどね」

ルーシーの顔色があからさまに悪くなった。

ウィリアムは王太子。アレクシスは宰相《さいしょう》補佐の長子。ハルトの実家は議会で強い発言権を持つ名門侯爵家。敵に回せば、ルーシーに明るい未来は待っていない。

今回の件が奇跡的に表沙汰《おもてざた》にならず、教師がルーシーは関与していないと判断を下し、処罰を免れたとして。何事もなく学園を卒業できたとしても、問題はその先だ。就職先や嫁《とつ》ぎ先が見つからないという事態が容易に想像できる。これだけの将来の権力者が揃っているのだから、手を回すことは造作もない。

ルーシーも想像がついているのか、薄い唇は青ざめ、震えていた。膝《ひざ》の上で握った手に力がこもり、彼女のスカートには皺が寄っている。

ルーシーのしでかした事の重大さを考えれば、お咎めなしとはいかない。きちんと処罰を受けるべきだ。だが、事ここに至るまで目を瞑り続けたレティシアにも非がある。レティシアが招いた事態でもあるのだ。

ルーシーの立場を守りつつ、収拾《しゅうしゅう》をつけることはできないだろうか。考えに考えて、レティシアは結論を出した。

「……殿下」

そっと口を挟む。

「先ほどお答えしました通り、このハンカチはわたくしの物です。誰かに貸したこともなければ、落とした憶えもありません。また、ルーシー様は嘘など吐いておりませんわ。ハルト様を困らせてほしいとクレンディル伯爵令息にお願いしたのは、わたくしなのですから。なぜルーシー様の名を出したのかは、わかりかねますが」

隣でぴくりとルーシーが肩を揺らした。ハルトとアレクシスが驚いたように息を呑む。その様子から、ハルトはレティシアを疑っていなかったと察せた。そこに関しては意外だった。

「あのなあ、レティシア――」

まったく信じていないといった調子でアレクシスが嘆息《たんそく》する。続く言葉を呑み込んだのは、ウィリアムが片手を上げて制したからだ。

「男爵令嬢ではなく、君が指示を出したと言うんだね。どうしてそんなことを？」

ウィリアムがレティシアを疑うはずがない。それなのに、なぜ会話の調子を合わせてくれるのか。

答えはおそらく、レティシアへの信頼だった。

事態を丸く収める案が思いつくなら、ルーシーを庇《かば》っても構わないよ、という。そもそもルーシーから言質《げんち》を取るだけならレティシアを同席させる必要がないから、ウィリアムは初めからこの流れを想定していたのかもしれない。

彼の情けに感謝して、レティシアはハルトに視線を向けた。

「先日、ハルト様と諍いを起こしまして……その時のお言葉の数々が腹に据えかね、ハルト様を困らせたくなったのです」

また食ってかかられるかと思ったが、予想に反してハルトは無言だった。何やら難しい顔つきで静観している。

「ここまでおおごとになるとは思っておりませんでした。生徒会の皆さまに多大なご迷惑をおかけしたこと、深くお詫び──」

「ハーネット男爵令嬢。公爵令嬢の発言を踏まえて、何か言いたいことはあるかい？」

レティシアの謝罪を制して、ウィリアムがルーシーに尋ねた。

「……これで、あたしへの疑いは晴れましたか？」

若干《じゃっかん》青くなったルーシーの顔を、ウィリアムがじっと見つめる。静謐《せいひつ》な眼差しに見据えられたルーシーは、居心地悪そうに顔を背《そむ》けた。

ウィリアムがふわりと微笑む。

「話を聞かせてくれてありがとう。退室してくれて構わないよ。公爵令嬢とはもう少し話がしたいから、残ってくれるかい？」

ウィリアムに促されるまま、ルーシーが部屋を出ていった。重い音を立てて扉が閉まると、アレクシスが呆れ顔で言う。

「ウィル。お前、俺たちの案に同意する素振りだけ見せて、最初からこうするつもりだっただろ？　だからレティシアまで呼んだんだな？　なんなんだよ、今の茶番は」

「そうじゃないよ。僕自身判断に迷っていたから、当事者である公爵令嬢の意見も一つの材料にしたいなって思っていただけ」

アレクシスの疑わしげな眼差しを受けて、ウィリアムがただ、と続けた。

「僕の名声を気にかけてくれるアレクたちの気持ちはありがたいけれど。男爵令嬢たちはまだ一年生だ。吊るし上げるような真似をすれば、今後の学園生活がかなり辛《つら》くなる。どうしたって、風当たりが強くなるからね。生徒会に非難が向かない形で希望調査《アンケート》を再実施する名目が他にないか、もう少し検討してみてもいいかもしれないね」

「自業自得《じごうじとく》だと思うけどな」

「それで済ませてしまっていいのかを、もう少し考えたいって話だよ」

容赦のないアレクシスの言葉にウィリアムは苦笑した。

「とりあえず、ウィル様が頭を下げるのは絶対にだめですからね。回答用紙を盗んだやつが悪いんですから。そこは譲らないです」

「ハルトに同意」

「……再実施の名目をどうするかは、また相談し直そうか。ところで」

ウィリアムがレティシアに視線を向けてくる。

「さっき君は、ハルトを困らせたかったと言ったよね。ハルトと一悶着《ひともんちゃく》あったことは僕も聞いているよ。仮にその件をものすごく根に持っていたとして。どんな方法でハルトを困らせる？　少なくとも、希望調査《アンケート》の結果を捨てるなんていう大多数に迷惑がかかる手段は取らないだろう？」

「ええ、と？」

それはその通りなのだが、なぜそんなことを尋ねてくるのだろう。

「答えてみて？」

首を傾げつつ、少し考えてからレティシアは答えた。

「殿下のおっしゃる通り、報復するのでしたらハルト様お一人が困る方法を選択します」

「え？」

ハルトの大きな目があどけなく瞬《またた》いた。

「例えば？」

ウィリアムが掘り下げてくる。

「今のわたくしでは、ハルト様に効果的な報復を実行する術《すべ》がありません。ですので、実行に移すのはわたくしが王太子妃となってからでしょうか」

報復というのは、相手が心の底から嫌がることをして、二度とレティシアを敵に回したくないと思わせる行為。端的に言えば、精神的苦痛を与えるのが最も効果的だ。ハルトにとって困る事柄というのは、考えるまでもない。

「ハルト様は殿下を大層慕っていらっしゃるようですから、そこを突かない手はありません。定期的にハルト様の予定を調べ上げ、殿下と都合が合いそうな日は先回りしてわたくしが殿下の予定を押さえます」

「えっ」

「ハルト様が私的な用件で殿下と顔を合わせることが難しくなるよう、徹底的に邪魔をしますわ。

希望調査結果の紛失も困った問題に違いありませんけれど、わたくしの案の方がハルト様にとっては痛手かと思います」

ハルトの可愛らしい顔が、激しく歪んだ。苦虫を噛み潰したような表情で、彼が呟く。

「……………すごく、タチの悪いことを思いつくんだね」

「敵に回したくないと思わせることは、とても大事な王妃の素養ですから」

相手の嫌がることをするのは、駆け引きの基本だ。

「そうだね。僕の婚約者は敵に回したらすごく厄介だと思うよ。この話も踏まえて、ハルトはどう思ったんだい？」

話を振られたハルトが考え込む。

「公爵令嬢は自分が犯人だって認めたけど、もっと上手くやれるって話ですよね。それならやっぱり公爵令嬢は関与してなくて……」

やっぱりという言い回しからして、ハルトはレティシアを疑っていなかったのだ。先日は敵意を剝《む》き出しにしていたのに。明らかに態度が軟化している。

「えーと、男爵令嬢を庇ったってことだよね。どうして？　仲がいい——なら、公爵令嬢に濡れ衣《ぎぬ》を着せたりしないか。よくわかんないけど。悪いことをしたなら、ちゃんと処分を受けるべきじゃない？」

ハルトの言うことはもっともだ。レティシアの判断は正しくなかったと思う。思うのだけれど。

レティシアは目を伏せた。

「ルーシー様は、わたくしを快《こころよ》く思っていらっしゃらないのです。ですが……そのような悪感情を持たれてしまったのは、わたくしに非があります」

上手く伝わるだろうかと、必死に言葉を探す。

「ルーシー様がどのような人物なのか、正直なところ、わたくしはよく知りません。ただ……休み時間や授業に対する姿勢で察せられるものもあります。きっと、ずっと正しく努力してきた方なのだと思います。そうでなければ、特待生にはなれないでしょう。わたくしの過ちによってこれまでの努力をすべて無駄にさせてしまうのは……避けたいと思いました。ハルト様のおっしゃる通り、報いはきちんと受けるべきかと思います。ですが、取り返しのつかないことになってほしくはないというのも、わたくしの本音です」

「意外だな。お前はもっと厳しいと思ってた。潔癖の権化《ごんげ》だし」

「僕のレティ像は、どこも美化されていないだろう？」

ウィリアムがクスリと笑みをこぼせば、アレクシスは肩を竦《すく》めた。よくわからないやり取りだった。

「どうかな、ハルト。君の目に、僕の婚約者はどんな人物に映った？　このあいだの、僕の言葉は信じられそうかい？」

あっ、と気づく。ウィリアムがこの場を設けたのは、レティシアとハルトの確執を解消するという目的もあったのではないだろうか。

ハルトがしょんぼりと肩を落とした。

「ウィル様の言う通り、俺が誤解していたみたいです……」

大きな瞳が申し訳なさそうにレティシアを見つめてくる。

「この前、俺が公爵令嬢のことを誤解してるって、ウィル様に叱《しか》られちゃったんだ。それで、よく考えてみたら——確かに、君の言う通りだなって。俺の疑いが事実なら、ウィル様は婚約者のわがままに振り回される残念な人になっちゃうんだよね。それは違うなって。ウィル様は優しいけど、だめなことにはだめって厳しく言う人だし。だから……ええ、と」

ぺこり、と。ハルトが頭を下げた。

「ガゼボでのことだけど、俺が悪かったです。失礼なことを言ってごめんなさい」

面と向かって謝罪されて、びっくりした。レティシアから詫びて全面的に非を認めでもしない限り、ハルトとは険悪なままだと思っていた。

ウィリアムの後輩が頭を下げてくれたのに、レティシアが意地を張るわけにはいかない。

「わたくしの方こそ、ハルト様に失礼な態度を取ってしまいました。わたくしのせいでハルト様のお部屋が荒らされてしまったことも含め、深くお詫び申し上げますわ」

「あ〜、まぁ。公爵令嬢に嫌な想いをさせちゃったから、その罰が当たったとでも思っておくよ。荒らされたって言っても、そうひどい有様でもなかったし」

無邪気に笑うハルトの印象は、先日とは打って変わっていた。思い込みの激しい一面があるだけで、根は善良な男の子みたいだ。

売り言葉に買い言葉とはいえ、ガゼボで感情的になってしまったのは非常に申し訳なかった。

「さて。ここからは公爵令嬢と二人きりで話させてもらいたいな。アレクとハルトは夕食後、改めて僕の部屋で話そう」

はあい、と間延びした返事をしてハルトが鞄を抱えて部屋を出ていく。アレクシスも続き、生徒会室は一気に静かになった。

対面に座るウィリアムに向けて、レティシアは深々と頭を下げた。

「ごめんなさい、ウィル様。わたくしのせいで、ウィル様や生徒会の皆さまに嫌な想いをさせてしまいました……」

ハルトは優しい言葉をかけてくれたけれど。誰だって、第三者に自室を荒らされたら不快になるはずだ。

ふわりと空気が動いた。立ち上がったウィリアムが、ゆったりとした動作でレティシアの隣に腰を下ろす。綺麗な手が伸びてきたかと思うと、よしよし、と。あやすように頭を撫でられた。

「性格が合わずにぶつかるのって、よくあることなんじゃないかな。八百人近い生徒がいるわけだから、反発し合って、揉め事に発展するのは起こって当然の出来事だよ。だからこそ、どう終結させるかが大事だと思うんだ。僕らみたいな立場なら、尚更《なおさら》ね」

優しい声音が耳朶《じだ》を打つ。ウィリアムが大人びた笑みを浮かべた。

「君が無責任に男爵令嬢を庇ったとは思っていないよ。具体的な展望があってのことだよね。レティの考えが聞きたいな。レティは、どうしたい？」

どうしたいのかは、決まっていた。これから口にするのはとても身勝手で、わがままな提案だ。

間近にある青空の瞳をじっと見つめる。

「ウィル様は、わたくしの記憶力を信じてくださいますか？」

ウィリアムが目を瞬《まばた》かせた。そうだな、と呟いた彼が首を巡らせ、執務机に視線を向けた。

「あそこに置いてあるぶ厚い哲学書をレティに渡して、明日までに読んでくるようお願いしたとして。ひと月後に僕が指定したページの文章を、一字一句違《たが》えずに暗唱できると信じて疑わないくらいには？」

「では、希望調査《アンケート》の集計結果はわたくしが記憶している数字を掲示していただけないでしょうか？ウィル様が見ていらっしゃった通り、アレクシス様のお手伝いをしましたから。票数はもちろん、生徒の誰がどの希望講師に投票したかまで、すべて憶えております」

回答用紙がないのに結果を掲示するのは、不誠実だとわかっている。決して体裁《ていさい》のいいやり方ではない。

「レティの案は、希望調査《アンケート》の再実施を行わないって選択肢だね」

「はい。回答用紙に関しても、わたくしに案があります。これは、ルーシー様たちへの罰にもなると思うのですが……」

紛失した百五十名分の回答用紙をどのように用意するか。レティシアが説明し終えると、ウィリアムはしばらく考え込んでいた。

「……わかった。それじゃあ、こうしよう。まず、盗まれたのは集計結果だけで回答用紙は無事だったことにする。レティィが提示する罰を男爵令嬢が受け入れ、男爵令嬢自身の口から今回の騒動をカナーバ先生に告白するなら――いや、今回だけじゃないか。レティィに怪我をさせられたっていう狂言の撤回まで含めてかな。この条件を彼女が呑むなら、どんな処罰が下るにせよ、特待生の資格剝奪《はくだつ》だけは免れるよう、僕が先生方にかけ合うよ」

「ありがとうございます、ウィル様。ルーシー様とお話ししてみます」

生徒会への謝罪と、これまでのことを正直に告白してくれるよう、ルーシーを説得しなくてはいけない。

「男爵令嬢がレティィの提案に耳を貸してくれるといいんだけど……」

「ルーシー様は実家が困窮《こんきゅう》していると伺《うかが》っております。お話ししてルーシー様が条件を呑んでくださらないようでしたら、詳細を調べたのち、そのあたりを持ち出して考えを改めていただこうと思います」

あまり使いたくない手ではあったが、こうなってしまった以上はなりふり構ってなどいられない。

「ルーシー様を脅《おど》せばわだかまりはどうしても残りますし……純粋に、級友を脅迫するという行為自体が気乗りせず、これまで避けてきましたが……。状況が状況ですから、手段を選んではいられません」

同級生を怯《おび》えさせるのは本意じゃないが、これ以上の無茶をされては困るから、腹を括《くく》らなくてはならない。

「集計結果は明日、ハルト様にお渡しするという形でよろしいでしょうか？」

ウィリアムが悪戯っぽく唇の端を持ち上げた。

「僕がレティの教室まで取りに行っても構わないけど」

「却下《きやっか》ですわ」

恐ろしい提案を、レティシアは一刀両断した。

◇◇

生徒会室を後にしたレティシアは、一度自室に鞄を置いてから第二女子寮へと向かった。

コンコン、とルーシーの部屋の扉を叩くと、顔を覗かせたのはルームメイトらしき別の女子生徒だった。

「レティシア様？」

「ルーシー様にお話があるのです。勝手なお願いで申し訳ありませんが、少しのあいだ外していただけますか？」

不思議そうに首を傾げた女子生徒は、レティシアの頼みを素直に聞いてくれた。彼女が出ていくと、レティシアは後ろ手に扉を閉めた。

ルーシーは机に向かって書き物をしている。勉強机にはノートや教本が山積みになっていた。自習していたようだ。仕方なく、振り返ろうとすらしない彼女の背中に話しかける。

「今回の件でどれだけの方に迷惑をかけたか、自覚していらっしゃいますか？」

「なんの話です？」

生徒会室での態度と同様、ルーシーは認める気がないみたいだ。

「他の生徒の証言があり、ルーシー様の企《くわだ》てだと殿下が確信していらっしゃる以上、シラを切り続けるのは難しいです。わたくしの告白はルーシー様をあの場から解放するための方便でしかなく、生徒会の皆さまも、そこは承知していらっしゃいます。ルーシー様の処遇について、殿下と相談しました。ルーシー様がご自身のなさったことを正直に打ち明けるのであれば、穏便な処分で済むよう、殿下が先生方に口添えしてくださるそうですわ。生徒会の皆さまに謝罪する気は——」

「あるはずないでしょ、そんなものっ！」

椅子を蹴倒す勢いで立ち上がったルーシーが、まなじりをつり上げる。その顔は怒りで染まっていた。

「あたしは何もしてないわ。あんたが言ったんじゃない、自分が指示したって！　あたしは頼んでもいないのに、恩着せがましく庇ったんだから、あんたがやったことにすればいいんだわ！」

「……庇わない方が、ルーシー様にとってはよかったのでしょうか？」

年上の男子生徒から詰問されること自体、精神的にかなり辛いものがあるだろう。見兼ねてつい口を挟んでしまったが、ルーシーをますます苛立たせてしまったようだ。

「ええ、そうよ、庇われたくなんてなかった。あんたなんかに……、なのに……っ」

言葉を詰まらせたルーシーが、顔を伏せる。

「……あたしの親も、あんたみたいに能天気な人種よ。すぐに騙されるもんだから、おかげで我が家は借金まみれ。身近に騙す人はいても、助けてくれる人はいないわ。世間ってそんなものでしょうけど。対してあんたはどう？　のほほんと生きてても、公爵家の娘ってだけで周りが助けてくれるのよね？　あんたに庇われて、あたしが感謝するとでも思った？　冗談じゃないわ！　みじめになるだけよっ」

先ほどまでルーシーが向かっていた机に目をやる。広げられた教本、辞書、びっしりと文字が書き込まれたノート。彼女は毎日をこうやって過ごしているのだろう。

その努力を棒に振ってほしくない。レティシアの想いはそれだけだ。

「目障《めざわ》りだというのであれば、わたくしは今後一切、ルーシー様と関わりを持ちません。ですが、今回の騒動をなかったことにはできません。事実を認め、生徒会の皆さまに謝罪なさってください。それとも、ルーシー様はわたくしへの敵意から、その努力をすべて無駄になさるおつもりなのでしょうか?」

ルーシーの目がカッと見開かれた。乱暴な手つきで机の上の文鎮を掴み取った彼女は、銀製のそれをレティシア目がけて力いっぱいぶん投げた。咄嗟《とっさ》に顔を庇うと、手首に鈍《にぶ》い痛みが走る。

「……っ」

レティシアの小さな悲鳴と、ゴドンっという重い物音が重なった。左手がじんと痺《しび》れる。手首をゆっくり動かしてみると、ちょっぴり痛みを感じたが、骨に異常はなさそうだった。ホッと息を漏《も》らして顔を上げれば、ルーシーと目が合う。怯《ひる》んだ瞳を見れば、彼女がこの結果を喜んでいるわけではないと感じた。

パッと目を伏せた彼女が声を震わせる。

「なんで……、なんで、あんたなんかに説教されなきゃいけないのよ……っ! 努力ですって? そうよ、あたしは今まで頑張ってきた。あんたなんか、なんの苦労も知らないくせに! あんたは公爵家の娘ってだけで、王国一番の名門校に入学できる。あたしは試験に二回落ちてる。わかる? あんたと違って、満足に学習する環境すら与えられてこなかったからよ! 成績が落ちたら家族を路頭に迷わせるかもしれない不安と戦ったことがあるっ? ないでしょ!? あたしに説教しないで!」

レティシアの父は厳しい人だった。

いつも凍《い》てついた眼差しでレティシアの一挙手一投足を見張っていた。親子らしい会話を交わした記憶は皆無。実家での暮らしはいつだって息苦しくて——レティシアに自由はないに等しかった。年に数度のウィリアムとの面会だけが心の寄る辺《べ》で。

だが、愛情とは無縁でも、衣食住の心配をする必要がないのだから、レティシアの境遇が恵まれているのは事実だった。息が詰まるような英才教育を除けば、レティシアの暮らしは贅沢《ぜいたく》なものなのだ。

ルーシーの苦労がレティシアにわからないというのは、的《まと》を射《い》ている。

「あたしは今まで真面目に生きてきたわ。たっかい寄付金と引き換えにヘラヘラ笑いながら自堕落《じだらく》な生活を送ってるあんたたちみたいな人種に痛い目見せてやったって、許されるでしょ！　正当な権利というものよ！」

親の指示で仕方なく学園に通っている貴族の令息令嬢もいる。そういった生徒の中には生活態度が不真面目な者もいて、多少の素行不良は莫大な寄付金を納めているので見逃されたりする。ヘレンが嘆《なげ》いていたように。ルーシーに協力した伯爵令息もその手の人種だろう。ルーシーはレティシアをそういった類《たぐい》の一人だと思っているみたいだった。

「以前もお話ししましたが、わたくしは決して試験で手を抜いたわけではありません」

誤解を解こうと、レティシアは首を横に振る。

「じゃあ、なんだっていうのよ？　さぞ崇高《すうこう》な理由を聞かせていただけるんでしょうね」

「父に……」

レティシアは口ごもった。父に目を向けてほしくて。冷えきった親子関係の内情を公言するのは、公爵家の醜聞《しゅうぶん》にも等しいのではないかという懸念が過《よ》ぎり、言葉に困ってしまう。

「ほら、結局理由なんてないんでしょ？　テキトーに過ごして卒業するだけで王太子妃になれるんだもの。試験だって気楽なものよね。不公平にもほどがあるわ。そんなの、許せるはずないじゃない！　ちょっとくらい痛い目見なさいよ！」

痛い目に遭えばいい。先ほどから彼女はそればかり主張している。ルーシーにとっての落としどころは、その一点のみらしい。暴力ではなく、別の形で彼女はレティシアを屈服させたいのだ。

「わたくしが痛い目に遭わない限り、ルーシー様は矛《ほこ》を収めてはくださらないのですね……。生徒会の皆さまに謝罪をなさる気も――」

「謝罪なんかするわけないでしょ！　あんたが勝手にあたしを庇ったんだから、そのまま犯人でいればいいのよっ！　そうよ。あんたが盗んだせいってことにして希望調査《アンケート》を再実施すればいいじゃない。名案だわ！　殿下の名誉とやらもそれで守れるんだから、あんただって本望でしょっ？」

ルーシーの叫びに、レティシアは目を伏せた。

「……よく、わかりましたわ」

これ以上の話し合いは時間の無駄だ。見切りをつけたレティシアは一礼し、部屋を出た。

# 第5話　残酷な二者択一

翌日、レティシアは一限目の授業が終わってすぐにハルトが所属する教室を訪ねた。戸口の近くにいた生徒に声をかけ、ハルトを呼び出してもらう。レティシアのもとまでやってきた彼は、驚いたように目を瞠《みは》った。

「その怪我《けが》、どうしたの？」

ハルトの視線はレティシアの左腕に注がれている。正確には、袖口《そでぐち》から覗《のぞ》く包帯に、だ。文鎮が当たった手首は軽い打撲《だぼく》で済んだのだが、手当てをしてくれた公爵家の侍女が大げさに包帯をぐるぐる巻いたため、目立ってしまっていた。利《き》き手ではないので今のところ不自由はしていないが、視線を集めてしまうのが難点だった。

レティシアは苦笑で誤魔化す。

「わたくしの不注意で傷《いた》めてしまいまして……。それよりも、ウィル様から伺《うかが》っているかと思うのですが、集計結果をお届けに参りました」

さっさと話題を変えてしまおう作戦は成功したらしい。封筒を手渡すと、ハルトはすぐに明るい顔になった。

「ありがと！　責任を持ってウィル様に渡しておくから」

「よろしくお願いします。それから、ハルト様にお願いがあるのです」

「お願い？」

「本日の放課後、生徒会室に行かれますか？」

「集計結果を提出しに行こうかな、とは思ってるよ。やることないからすぐに帰るかもしれないけど」

「でしたら、アレクシス様に言伝《ことづて》をお願いしたいのです。力をお借りしたいので、都合のつく日時を教えてくださいませ、と」

ルーシーから言質《げんち》を取るにあたって、レティシアはアレクシスに頼みたいことがあった。

「伝言はそれだけ？」

「はい」

不思議そうな顔をしながらも、ハルトは頷《うなず》いてくれる。

「……わかった。アレク先輩に伝えとく」

「ありがとうございます。それでは、わたくしはこれで――」

「あっ、そうだ！　ちょっと待っててっ！」

立ち去ろうとしたレティシアを、ハルトが引き止めてくる。一度教室に入っていき、戻ってきたハルトは綺麗に包装された小箱を持っていた。

「これ、公爵令嬢にあげる」

「これは、なんでしょうか……？」

「クッキーだよ」

「クッキー……」

レティシアのおうむ返しに、ハルトが顔を曇らせる。

「もしかして、公爵令嬢はクッキーが嫌い？」

「いえ、どちらかといえば好きです。ただ、流れがよくわからず……」

突然の贈り物に、戸惑《とまど》うしかない。

「集計結果のお礼にと思ったんだけど……あれ？　おかしいかな？」

アレクシスといい、生徒会の男性陣は女の子を餌《え》づけするのが好きなのだろうか。

「おかしいと言いますか、お礼をいただくようなことは何もしておりませんので……」

「シルヴィア先輩がいつも、女の子に何かしてもらった時はお菓子を貢《みつ》ぐのが紳士の嗜《たしな》みだって言ってるんだけど……あれ？」

それは女の子全般の意見ではなく、シルヴィア独自の見解なのでは。名門侯爵家の令息として相応の教育を受けてきただろうに、なぜその謎の嗜みを信じ込んでいるのか。

レティシアは不安を覚えた。

「ハルト様。将来、女性に騙《だま》されないようお気をつけくださいね……」

「え、なんの話?」

身近な人の言葉を信じて疑わないらしきハルトの将来に危惧《きぐ》を抱《いだ》いたのだが、当の本人はまったく自覚がないようだ。

わざわざお礼を用意してもらうほどのことではないというか、寧《むし》ろレティシアがお礼をすべきだと思うのだけれど。突き返すのは失礼なので、クッキーはありがたく受け取っておくことにした。

レティシアがお礼を言って会釈《えしゃく》すると、ハルトはじゃあねと手を振りながら、教室に戻っていった。

◇◇

アレクシスとウィリアムしかいない放課後の生徒会室は、心地よい静寂《せいじゃく》に包まれていた。アレクシスは実家から届いた冊子《さっし》を、ウィリアムはぶ厚い哲学書を読みふけっている。互いが互いの世界に浸《ひた》っていたのだが、パタパタと忙《せわ》しない足音が近づいてきて、二人はほぼ同時に顔を上げた。

「ウィル様、公爵令嬢から集計結果を預かってきました!」

「ありがとう」

ウィリアムが封筒を受け取ると、ハルトは難しい顔で言う、

「それと、ウィル様。ちょっと気になったことがあるんですけど。集計結果を渡しに来てくれた時、公爵令嬢が手首に包帯を巻いていて」

「えっ？」

おそらく、ハルトが想定していたよりもウィリアムの反応が大きかったのだろう。いつも柔和《にゅうわ》な微笑みをたたえている王太子が、その顔にはっきりと険を滲《にじ》ませた。ハルトが慌《あわ》てたように取り繕《つくろ》う。

「あっ、でも、怪我は自分の不注意だって言ってましたから、俺の勘繰《かんぐ》り過ぎかもしれなくて。ただ、公爵令嬢ってハーネット男爵令嬢と揉《も》めているみたいだし、また何かあったのかなぁとか、ちらっと思っただけで。一応、ウィル様にもお話ししておいた方がいいのかなって。余計なお世話でしたか？」

不安そうにハルトが顔を曇らせる。ウィリアムは厳しい面持《おもも》ちを一転させ、柔らかな笑みで応《こた》えた。

「そんなことないよ。レティを気にかけてくれてありがとう、ハルト。心に留《とど》めておくよ」

おや、とアレクシスは思った。

ハルトは気づかなかったようで、照れ笑いを受かべてからぺこりとお辞儀した。

「それでは、ウィル様。アレク先輩、また明日」

身を翻《ひるがえ》して出ていこうとするハルトに、目を瞠る。

「もう帰るのか？」

この時期の生徒会はほとんど仕事がなく、基本的には暇《ひま》だ。放課後を生徒会室で過ごすかどうかは各々《おのおの》の自由。実際、ハルトが来るまで部屋にいたのはアレクシスとウィリアムだけ。他の三人はともかく、ハルトがウィリアムに戯《じゃ》れつかないのは意外だった。

ハルトが憂鬱《ゆううつ》そうに吐息《といき》をこぼす。

「今日出た語学の課題がすっごく厄介で。課題の文章をケネス語に翻訳しないといけないんですけど、ケネス語って文法独特でややこしいじゃないですか。クラスの友達が図書館で協力し合ってるみたいなんで、俺も交ぜてもらおうかなって」

王国の友好国一番手となるケネス王国の母国語につまずく生徒は多い。物心ついた頃から仕込まれてきたアレクシスですら流暢《りゅうちょう》とは言い難《がた》く、単語を並べてなんとか話せるレベル。学園に入学してから習う生徒は、ちんぷんかんぷんだろう。

「そんなの、ウィルの手を借りればいいと思うが。特に興味もなければ王太子の教養として必要なわけでもない哲学書を読んでたくらいには、暇を持て余してるぞ？」

「この前シルヴィアが熱心に読み込んでいたから、気になっちゃって。暇なのは事実だから、僕でよければ教えるよ？」

「あ〜……」

すぐに乗ってくるかと思ったのに、ハルトは微妙な面持ちになる。しばらく葛藤《かっとう》していた彼は、ふるふると首を横に振った。

「いや、遠慮しときます。俺、せっかくウィル様と過ごすなら楽しい時間にしたいから。課題くらいは、自分でなんとかします」

「そう。どうしてもわからなかったら、僕の部屋においで」

はーい、と元気よく返事をして出ていこうとしたハルトが、再び振り返る。

「……あっと、忘れてた。あぶない、あぶない。アレク先輩、アルトリウス公爵令嬢からの伝言です。『力をお借りしたいので、都合のつく日時を教えてください』だそうです。それじゃあ、ちゃんと伝えましたからね？」

それだけ告げて、ハルトは部屋を出ていった。しん、と静まり返った室内でアレクシスはぼそりとこぼした。

「愛称になってたぞ」

「え？」

「レティシアの呼び方。ハルトの前では愛称で呼ぶの、控えてただろ？」

やはり無意識だったようで、ウィリアムはバツの悪そうな顔になる。

「僕だって、間違える時くらいあるよ」

「動揺が思いっきり態度に出てたもんなー」

「婚約者が怪我をしたって聞いたら、誰だって心配になるだろう？」

「そりゃそうだ。心配し過ぎて呼び方だって間違えるよな」

ウィリアムが辟易《へきえき》したように眉根を寄せる。

「僕をからかえて、楽しそうだね」

「すげー楽しい」

ムキになるだけ損と判断したのか、ウィリアムはさっさと口をつぐんでしまった。

先ほどまで読んでいた冊子に再び目を落としたアレクシスは、すぐに視線をウィリアムへと向けた。ちらりと様子を窺《うかが》うと、彼も再び哲学書を繙《ひもと》いていた。視線の動きを見れば、ウィリアムの目が活字を追っていないのは明白だった。心ここに在《あ》らず、といった様子だ。

「そんなに心配なら、様子を見に行ってみれば？」

皆まで言わずとも、ウィリアムにはしっかりと伝わった。彼はやんわりと苦笑する。

「それができたらいいんだけどね。レティの周りを騒がせちゃって、逆に迷惑をかける気がする……」

レティシアのことを気にしつつも、自身の影響力を危惧して会いに行かないところは彼らしい判断だった。

女子寮の門兵に伝言を頼んで呼び出すにしろ、日を改めて一年生の教室に行くにしても、ウィリアムは目立ち過ぎる。またどこぞの女子生徒が目くじらを立ててレティシアに突っかかるかもしれない。

「迷惑といえば、レティシアが俺の力を借りたいとか、嫌な予感しかしねぇんだが……」

絶対、面倒ごとに巻き込まれる。

「婚約者なのに頼ってすらもらえない僕の前で、贅沢《ぜいたく》なことを言うね」

「拗《す》ねてんの？」

恨みがましい眼差《まなざ》しがアレクシスに突き刺さる。

「面白くはないかな」

流石《さすが》に冗談だとは思うが、微妙に本音も交じっているような気はする。アレクシスは肩を竦《すく》めた。

「助言しといてやったのにな。ウィルを頼れって」

ウィリアムに無条件に甘やかしてもらえるというとんでもない特権を有しているのだから、素直に甘えておけばいいのに。

「心持ちの問題であって、レティにとっては僕を頼るほどの大事ではないから」

「ふぅん」

大事じゃないのにアレクシスの力が必要なのか。謎だ。

「てか俺、あいつが何に巻き込まれてるのかすら知らねぇんだが……。ハーネットと揉めているみたいだが、何がどうしてそんなことになっているんだ？」

希望調査《アンケート》の件をどのように収束させるのかは、すでにウィリアムから聞いている。一番の被害者ともいえるハルトがレティシアの案にそれでもいいですよと頷いたので、最終的には満場一致でウイリアムの決断を尊重することに決まった。生徒会に非難が向かないのならアレクシスはなんだってよかったので、反対する理由もなかった。結果的には仕事が増えたわけでもないし。

それはいいのだが、そもそもの話、なぜルーシーがレティシアを嵌《は》めようとしたのかを、アレクシスは知らないままだった。

「んー。そうだな。レティの話を聞いたら、アレクは呆《あき》れるんじゃないかな？　そういう類《たぐい》の話」

ウィリアムには説明する気がないらしい。

「ウィルのレティシアへの理解度でも試しとく？　あいつが俺をどう頼りにしてくるか、予想してみてくれよ。当たるかどうか、賭けようぜ」

「答えを知っているから、賭けは成立しないよ」

「つまんねぇの」

そこまで把握しているなら今ウィリアムが打ち明けてくれれば、話が早いと思うのだが。

よくわかんねぇなと嘆息《たんそく》しつつ、暇つぶしで開いていた冊子に視線を落とす。

今日の朝、実家から届いたものだ。日曜日に参加する夜会の招待客について、嗜好《しこう》やら属している派閥《はばつ》やらがびっしり書き込まれている。これをすべて頭に入れてから出席しないといけないのだから、名門貴族の嫡男《ちゃくなん》というのは大変だ。

「空《あ》いてる日なんてこの日以外いくらでもあるんだが、いつにすっかなー」

「早い方がレティにとってはありがたいと思うよ。明後日《あさって》なら生徒会が休みでこの部屋が使えるし、レティの都合が合うならちょうどいいんじゃないかな？」

「んじゃ、そうするかー」

寮に帰ったらレティシアにメッセージカードを送るのを忘れないよう、気をつけよう。

◇◇

夕食後、ウィリアムは自室で従者の報告に耳を傾けていた。

レティシアがどういった経緯《いきさつ》で怪我をするに至ったのか、公爵家の侍女から話を聞いてきてくれないか。帰寮直後に命じたことを、ウィリアムが十二歳の時から仕《つか》えてくれている側近は忠実にこなしてくれた。

公爵家の侍女によると、手当てはしたものの、詳しい経緯は彼女も把握していないらしい。わかるのは、レティシアが手首を傷めたのは第二女子寮を訪ねた後ということだけ。どういった理由で傷めたのかは、レティシアが語りたがらないのでわからない。それが公爵家の侍女の証言だった。

時系列を把握できたので、何があったのかは容易に想像がついた。

レティシアが第二女子寮を訪ねたのは、ルーシーを説得するためのはず。本当に不注意で手首を傷めたのなら、レティシアは詳しい事情を話すだろう。詳細を語りたがらないのは、ルーシーを庇《かば》っているからに思えた。

「アレクの力を借りたいってことは、男爵令嬢はレティの提案を受け入れてくれなかったんだろうな……」

これまでしてきた数々の嫌がらせを自身の口から正直に話す。とても勇気のいる行為だ。ルーシーが拒むのも無理はなかった。

ウィリアムは机の引き出しを開けた。一番上に置いてあった封筒を手に取る。封には、アルトリウス公爵家の封蠟《ふうろう》が捺《お》されている。中に収まった書類を取り出し、ウィリアムは悩んだ。

書類の一枚目は、ルーシー・ハーネットに関する報告という書き出しで始まっている。この書類は、ガゼボでレティシアとハルトが一悶着《ひともんちゃく》あった日の夕刻に届いたものだった。差出人はアルトリウス公爵――つまり、レティシアの父親だ。

レティシアが他の生徒と揉めているのをどうやって知ったのかはわからない。レティシア付きの侍女に定期的に報告させているのは間違いないと思う。あとは、教師を買収していたりするのかもしれない。学園という閉鎖的な空間で起きた物事すらも、宰相《さいしょう》はしっかりと把握していた。

ハーネット男爵家の内情が事細かに記されたこの書類をどのように用いるか。公爵はウィリアムの判断に委《ゆだ》ねると書き綴《つづ》っていた。公爵の意図は読めない。娘を心配しているのか、単に公爵家の名誉を危惧してさっさと事態を収束させろと仄《ほの》めかしているのか。まったく読めないが、ウィリアムの好きにしていいと書いてあったので、お言葉に甘えることにした。

レティシアとルーシーの問題が平和的な話し合いで解決することを願って、この書類には引き出しの中で眠ってもらおうと思っていた。だが、状況は変わった。おそらくレティシアは、ルーシーを脅《おど》すことで自供させる気でいる。レティシアが提示する条件を呑まない場合、具体的にルーシーはどうなるのかを説明して。

ウィリアムがでしゃばらなくとも、レティシアは自分の力で解決できる。だが、彼女に本心では望まない行為をさせる。それが、ウィリアムとしては複雑だった。王宮ならともかく、ここは学園なのだ。学生という身分にある今のレティシアに、気の進まないことをさせたくはない。

何より、レティシアはこれまでずっと、ルーシーを気遣《きづか》い続けてきた。その想いが一つとして伝わらないまま強引に事を収めるというのも、やるせない話だ。レティシアに屈服させられれば、ルーシーは今後も憎しみを募《つの》らせることになるのだから。

封筒を引き出しに収め、ウィリアムは目を伏せた。

「理由は色々とあるけど、僕が私怨《しえん》を晴らしたいだけなのかもしれないな……」

静観したくない一番の本音は、そこにある気がした。

◇◇

アダム・ラドフォードは、寮の自室で悲鳴を上げていた。

「だめだ、ぜんっぜんわからない……っ！」

羽根ペンを置いて、ケネス語の辞書と文法の説明が記載された教本を睨《にら》みつける。

今日出された語学の課題は、とても意地悪だ。翻訳を求められたのは、ルクシーレでは有名な童話のわずか一ページ分。その一ページをケネス語に訳せばいいだけのことが、とんでもなく難しかった。

課題が出た時、ルーシーが手伝いを申し出てくれたのだが、アダムは問題ないと断ってしまった。格好をつけないで、成績優秀な友人に教えてもらえばよかったと後悔する。

頭を抱《かか》えていると、コンコン、と控えめなノックが聞こえてきた。ちらりと時計を確認すると、二十二時を回っている。就寝時間まであと一時間を切っているというのに、誰だろう。

扉を開けたアダムは、驚いて危うく大声を出しそうになった。柔らかな燭台《しょくだい》の明かりに照らされた廊下に立っていたのは、ウィリアムだった。

「こんばんは。こんな遅くに押しかけてごめんね」

「あ、いえ……え？　どうして殿下が俺――あ、いや、僕の部屋に……？」

びっくりし過ぎて呂律《ろれつ》が回らない。部屋を間違えたのではないか、そんな考えが浮かぶ。

「ラドフォード君に少し、確認したいことがあって。今、大丈夫かな？」

「も、もちろんです！」

ありがとう、と柔らかく微笑んだウィリアムを自室に招く。椅子を勧《すす》めるべきか迷っていると、勉強机に視線を留《と》めたウィリアムがあっ、と呟《つぶや》いた。

「ごめんね、勉強の邪魔をしたかな？」

申し訳なさそうな顔に、手のひらをブンブン左右に振る。

「いいんです。ちょうど、投げ出したところだったので。もう、わけがわからなくて……」

ウィリアムがクスクスと笑った。

「同じ課題なのかな？　ハルトも嘆《なげ》いていたよ。ケネス語はややこしいって。僕でよければ教えようか？」

「え⁉　いえ、でもそれは……」

渡りに船ではあるけれど、縋《すが》るのは図々しいのでは。恐縮するアダムに、ウィリアムが穏やかに微笑む。

「こういう時に頼ってもらうための、先輩だから。遠慮なく頼ってもらえると嬉しいかな」

王太子の優しさは分け隔《へだ》てがないと聞いていたが、評判は本当だったみたいだ。感激していると、ウィリアムが肩を竦めた。

「それに、ラドフォード君には最近ハルトがお世話になっているみたいだし。ラドフォード君に懐《なつ》いているのと同じくらい、僕の婚約者とも上手《うま》くやってくれればいいのにな」

そう言って、悩ましげな吐息をこぼす。

ウィリアムがあまりにも憂鬱《ゆううつ》そうな顔をしていたから、ついお節介を口にしてしまった。

「それはたぶん、難しいいんじゃないかと……」

「どうして？」

不思議そうなウィリアムに、どう説明したものかと悩む。

ハルトから頼まれ事を引き受けたアダムは、レティシアについてルーシーに尋《たず》ねた。彼女は、公爵令嬢の性格は褒《ほ》められたものではなく、高慢かつ嫌味な人で苦手だと打ち明けてくれた。

ウィリアムが泥まみれとなった姿で帰寮し、寮内を騒然とさせた日。その日は公爵令嬢が池に髪飾りを落としたと騒いでいたから、ウィリアムの優しさにつけ込んで拾わせたのではないか。ルーシーの推測を、アダムはそのままハルトに伝えた。邪推《じやすい》に思えたハルトの憶測が当たっていたことに、興奮を隠せなかったからだ。

だが、それをそのままウィリアムに伝えるわけにはいかない。婚約者を悪く言われたら、優しい王太子は悲しむだろう。

「えぇと、公爵令嬢のお人柄が、ハルトとは馬が合わないんじゃないかな……と」

「どうしてそう思うんだい？　クラスが同じだから、公爵令嬢とよく話をする？」

「僕の……あー、ええと」

参ってしまって、アダムは後ろ髪をかく。ルーシーに、告げ口みたいになるから黙っておいてと言われたのだった。

かといって上手い言い訳も思い浮かばず、口をつぐむことしかできない。軽はずみに口にしていい話題じゃなかったと、後悔する。黙り込んだアダムに、ウィリアムがやんわりと言った。

「ごめんね、困らせるつもりはなかったんだ。言いたくないなら構わないよ。ただ……これだけは確認させてもらっていいかな？　僕がひどい有様で寮に帰ってきた日があっただろう？　その理由を、僕はあまり広めてほしくないんだ。だから、誰がハルトに伝えたのかだけは知っておきたくて」

「僕がハルトに教えました。公爵令嬢が髪飾りを落としてしまって、殿下はやむなく池に入ったのですよね？」

ルーシーからの又聞きだけれど、ハルトに伝えたのはアダムなのだから、嘘ではない。

「そっか。ハルトにも言ったんだけど、王太子が池に入ったなんて恥ずかしいから、その話は他言無用でお願いしてもいいかな？」

ウィリアムの頼みに、アダムはもちろんです、と頷いた。

◇◇

「で？　俺に何をしてほしいんだ？」

放課後の生徒会室で、アレクシスがそう切り出した。室内にはレティシアとアレクシスしかおらず、二人はローテーブルを挟んでソファに座っている。

「例の希望調査《アンケート》の件なのですが、ルーシー様はご自身の口から真相を語ることを拒絶していらっしゃるのです。お気持ちはわかりますが、それを認めてしまっては道理が通りません。ですので、ルーシー様の気が変わるよう、本腰を入れて説得を試みようと思うのです」

「手っ取り早く脅すのか？」

将来の宰相候補と目《もく》されるだけあって、アレクシスは切れ者だ。話が早くて助かる。

レティシアはにっこりと微笑んだ。

「はい。わたくしは宰相クラウスの娘ですから。わたくしの悪女っぷりを骨の髄《ずい》まで思い知らせ、敵に回したことを心の底から後悔させて差し上げる心積もりでおります」

「………………」

冗談だったのだが、アレクシスは本音と受け取ったらしい。頬をひきつらせた。

「そのための材料が必要ですので、アレクシス様のお力添えをいただきたく。この手のことは、サーペント家の専売特許ですから」

宰相補佐の立場にあるサーペント伯爵は、政界の安寧《あんねい》を保つため、諜報《ちょうほう》活動を任されている。貴族の内部事情を把握するという点において、サーペント家は適任だ。

アレクシスが黙り込んだ。しばらく考える素振りを見せた彼は、かくりと首をひねった。

「俺にハーネットの情報を集めさせたいわけね。頼まれてやってもいいけど、俺に利益がない限り協力する気はないとだけ言っておく」

もちろん、タダで彼が頼みを聞いてくれるとは思っていない。

「先日も話題に挙がりましたが、来年はわたくしもアレクシス様同様に生徒会役員を務めるはずです」

「ああ。ウィルが来年も生徒会長に当選するのは間違いねぇしな」

「アレクシス様は引き続き副会長を任されることになるでしょうけれど、最終学年となれば、その先に備えて社交も今まで以上に忙しくなるはず。副会長のお仕事と、伯爵家嫡男としての務め。二足の草鞋《わらじ》は、大変ではありませんか？」

「今から憂鬱で仕方ねぇよ」

不機嫌そうに鼻を鳴らすアレクシスに、提案する。

「そんなアレクシス様の負担を減らすため、わたくしがアレクシス様の手足となりましょう」

「……へぇ？」

「雑務なり課題なり、お好きなようにわたくしを利用してくださいな。ハーネット男爵家の情報に関して、アレクシス様は部下に命じるだけ。天秤《てんびん》の釣り合いは取れていると思うのですが、いかがでしょうか？」

伯爵家お抱えの諜報員に命じるだけで事足りるのだから、アレクシスからすれば大した手間でもない。次期王妃に恩を売るためと言えば、彼の父親も咎《とが》めたりしないだろう。

「あ〜、確かに、魅力的だな。レポートとか押しつけたら、それだけで使える時間がすげぇ増えそう」

「では――」

交渉成立ですね、と微笑む前に。アレクシスが、困り顔で頬をかいた。

「レティシアがどんな条件を提示してくるのか興味があって聞いたんだが……そろそろ白状するとしようか。レティシアの行動はちょっとばかり遅かった、かも？」

「え？」

彼の言わんとする意味が摑めず、レティシアは首を傾《かし》げる。アレクシスが、諦《あきら》めと呆れをない交ぜにしたような、微妙な表情で告げた。

「たぶんだけど、今頃ウィルが対処してるんじゃねぇかなー？」

レティシアはぱちりと目を瞬《しばた》かせた。一体なんの話だろう。

「これ、なんだと思う？」

アレクシスが自身の鞄からもったいをつけて取り出したのは、大きな封筒だった。差し出されるままに受け取る。

「レティシアに渡してくれって、ウィルから預かったんだ。読んでみな」

促《うなが》されるままに封を開け、書類を抜き取る。用紙には、ハーネット男爵家の内情が事細かに綴られていた。家族構成や生《お》い立ち、周囲からの評判、財務状況。などなど。

ウィリアムがハーネット男爵家の調査をしていただなんて、まったく知らなかった。

レティシアが読み終えたのを見計らって、アレクシスが肩を竦める。

「教室で別れる前にウィルが言ってたんだよなー。レティシアとの話し合いについてくるか聞いたら、放課後はハーネットと会うから同席できないって。お前の話と最近のウィルの言動、それからこの書類を総合すると……まぁ、そういうことなんじゃねぇかなって」

レティシアの代わりに、ウィリアムがルーシーに対応している。想像もしていなかった。だが、言われてみれば納得した。レティシアの婚約者様は、そういう人だ。

「もうっ！　入学前に過保護はだめってお願いしたのに……っ！」

声は自然と拗ねたものになった。レティシアが自分で対処すべきことなのに。ウィリアムの手をわずらわせたくなどなかったのに。

レティシアは慌てて立ち上がった。

「アレクシス様！」

啞然としていたアレクシスが、珍しくたじろいだ様子を見せた。レティシアの声の鋭さと目の据《す》わりように、彼は引き気味だった。

「ウィル様がルーシー様とどこで会うか、ご存じですかっ？」

「……第二美術室」

「ありがとうございますっ」

「レティシア」

生徒会室を出ていこうとすると、アレクシスに呼び止められた。もどかしい想いで足を止め、振り返る。

「さっき、対価としてレティシアをボロ雑巾《ぞうきん》のごとく酷使して構わないって言っただろ？」

「そこまでは言っておりませんが」

眉をひそめたレティシアに頓着《とんじゃく》することなく、アレクシスが続けた。

「けどさ、ウィルの前でお前を扱《こ》き使うとか、無理くね？」

レティシアはあら、と目を瞠る。

「気づいてしまわれましたか？」

アレクシスの指摘は正しい。例え取引であったとしても、レティシアをいいように利用すれば、ウィリアムは渋い顔をするだろう。事あるごとに、アレクシスに苦言を呈する光景が目に浮かぶ。

「想定内かよ……。空手形《からてがた》で人を使おうとか、性格わっる」

「あら？　アレクシス様でしたら、とっくにご存じでいらっしゃると思っておりましたわ」

ふふっと微笑を残して、レティシアは生徒会室を飛び出した。

◇◇

——二度と俺に関わらないでくれ。

深刻な面持ちで発せられたアダムからの言葉に、ルーシーはえっ、と息を呑んだ。放課後、第二美術室に呼び出されたと思ったら絶交を宣告されて、困惑《こんわく》するしかない。

「急に何を言いだすの？　あたし、何か気に障《さわ》ることをしたかしら……」

憤《いきどお》りに染まった顔を、上目遣《うわめづか》いに見つめる。

ルーシーには親しい異性の友人が多くいる。借金まみれの実家を再興する一番の近道は玉の輿《こし》に乗ることだからだ。ルーシーの容姿は男の気を惹《ひ》けるようなものじゃない。そばかすが目立つだけの地味な顔に男が好意を抱くはずもない。だからルーシーは自分の武器を最大限に活《い》かし、交友関係を広げてきた。

愛想よく笑い、空気を読んで相手の欲しい言葉を口にすることで機嫌を取ってきた。優等生という強みを利用し、ルーシーとの付き合いには得があると思わせ、仲のいい男子生徒を増やしてきたのだ。ただし彼らにとってルーシーは、仲よくしておいて損がないというだけの存在。きっと、心のどこかではアニーたちのようにこちらを見下しているのだと思う。

ルーシーだって、彼らに特別好感を抱いてはいない。虚《むな》しくはあっても、玉の輿に乗れる可能性が生まれるだけで、試す価値がある。なりふり構ってなどいられないのだ。

その中で、アダムだけは毛色が違った。容姿は凡庸《ぼんよう》だが、人の好《い》い男の子なのだ。ルーシーに対して純粋な敬意を持って接してくれる。居心地のいい存在だった。そういう意味では、目の前の少年はルーシーにとって唯一の男友達なのかもしれない。

だから、アダムの言葉は衝撃的だった。

「俺に何か、謝ることはない？」

「……謝ること？　何を言っているの？」

心当たりがまったくなくて、目を丸くする。アダムの気分を害した覚えなどなかった。

「……アルトリウス公爵令嬢の件だよ」

重苦しいため息と共に、アダムが言った。

「公爵令嬢が傲慢《ごうまん》で嫌味な人だなんていうのは、嘘なんだろう？　君のせいで俺は、ハルトにデタラメを吹き込んでしまった……」

悔しそうに唇を噛む彼の瞳は、怒りに燃えている。真っ向から睨まれて、ルーシーはびっくりした。アダムのことを大人しい人だと思っていたから。

「試験のことで、公爵令嬢を嫌っているみたいだね。公爵令嬢なりの事情があってのことらしいのに、君はいつまでも根に持った挙げ句、事実無根の悪評まで流すなんて……そんな子だと思わなかったよ」

そう言って彼が背を向ける。

「待って、アダム！　誤解だわっ！　あたしは何も——」

取り縋った手は、荒々しく振り払われた。

「君の言葉は、嘘ばかりだ」

軽蔑《けいべつ》の目で吐き捨てて、アダムが部屋を出ていく。開け放たれた扉の向こうを呆然と見つめていたルーシーは、唇をわななかせた。

ようやく、理解が追いついた。レティシアがアダムに何か吹き込んだのだ。彼女を信じたアダムは、ルーシーとの友情をあっさりと捨てた。

「なによ！　男って結局、顔なのねっ！　友達より親しくもない美人の話を真に受けるっていうの⁉　『二度と関わらないでくれ』ですって？　あんまりだわ！」

こちらの弁明すら聞かずに去っていくなんて、こんなひどい仕打ちがあるだろうか。アダムにとってレティシアはよく知らない令嬢に過ぎないだろうに。半年近い親交のあるルーシーではなく、彼女の言葉を鵜呑《うの》みにするなんて。

ルーシーはこれっぽっちも嘘を吐《つ》いていない。傲慢で嫌味な人。正しい表現じゃないか。これだから美人は得なのだ。なんの苦労も知らずにのほほんと育ってきて、困ったら周りがちやほやして手を差し伸べてくれる。

ルーシーはみじめな気持ちでいっぱいだった。

「許せない……っ！」

「誰を許せないんだい？」

涼やかな声に顔を上げたルーシーは、目を疑った。第二美術室に入ってきたのはウィリアムだった。先日の生徒会室でのやり取りがよみがえり、どう振る舞えばいいのかわからなくなる。

無造作に放置されたキャンバスや木の椅子の合間をすり抜けて、ウィリアムが歩み寄ってくる。硬直するルーシーの前で、彼は口元に意味深《いみしん》な笑みを浮かべた。

「ラドフォード君に——」

「え？」

「絶交を告げられたみたいだね。君の声は廊下まで聞こえてきたよ。随分《ずいぶん》とご立腹のようだけど、彼は特別だったんだ？　君が目をつけた男子生徒の中では一番の有望株だから、当然か。没落した実家を再興するなら玉の輿に乗るのが手っ取り早いってところかな？」

ルーシーは眉をひそめた。

どうしてウィリアムがこちらの事情に精通しているのか、不可解でならない。希望調査《アンケート》の件で疑われているから、ルーシーについて調べたのだろうか。

ルーシーは黙り込んだ。不用意な発言をして王太子の機嫌を損《そこ》ねたくはなかった。

「僕がラドフォード君にハーネット男爵令嬢との付き合いを考え直すよう勧めたわけだけど。彼に好意があったなら、申し訳ないことをしてしまったかな？」

「は？」

聞き捨てならない台詞《せりふ》に、あっさりと地金《じがね》が出た。慌てて手のひらで口を塞《ふさ》ぐ。不敬を気にした様子なく、ウィリアムは穏やかな調子で続けた。

「正確には、付き合いを見直すようにとは一言も言っていないんだけれどね。彼が僕の婚約者について色々と誤解していたから、正しただけ。その結果ラドフォード君が君に激怒したということは、誤解が生じた原因は君にありそうだ。僕がどうして公爵令嬢とハルトの馬が合いそうにないのかを尋ねたら、ラドフォード君はかなり困っていたよ。彼の口ごもり方的に、君が公爵令嬢の悪評でも吹き込んだのかな。ハルトが公爵令嬢に対してやたらと喧嘩腰だったのも、そのせいだよね？」

綺麗な瞳がじっと見つめてくる。うっとりするくらい美しい顔は、平時なら魅入《みい》ってしまうほどなのに。今は直視できなくて顔を背《そむ》ける。一刻も早く立ち去ってほしかった。

「希望調査《アンケート》の件だけど、まだ認めないつもりでいるのかな？」

「……その件なら、犯人は自分だってレティシア様が認めたじゃありませんか」

「それを聞いて、君はどう思ったんだい？」

「…………」

レティシアに庇《かば》われたあの時。

ルーシーは安堵《あんど》した。安堵してしまったのだ。ウィリアムが仄《ほの》めかした脅し文句が恐ろしくて。

内心は、どうしようという想いでいっぱいいっぱいだったから。

レティシアに庇われ、安堵を覚えてしまったことが悔しくて、ルーシーはより一層みじめな気持ちになった。だから、自室で聞いたレティシアの発言は何から何まで癪《しゃく》に障った。絶対にルーシーの方が人生で苦労してきたのに。なぜレティシアにお説教されなくてはいけないのか。

「濡れ衣《ぎぬ》を着せられて、いい迷惑でした。それだけです」

「……濡れ衣、か。僕は君が公爵令嬢に度重《たびかさ》なる嫌がらせを行っていたんじゃないかと疑っているのだけれど、それも濡れ衣なのかな？」

ルーシーの行いは騒ぐほどのことじゃないと言っていたのに。レティシアはしっかりと告げ口したらしい。

冷たい汗が背中を滑り落ちていく。焦《あせ》るな、大丈夫、と心の中で唱えた。

ウィリアムは優しい王太子として有名だ。希望調査《アンケート》の件で脅し文句を口にしたのは、彼の名誉にも関わる問題だったから。希望調査《アンケート》の件を除けば、レティシアへの嫌がらせでウィリアムが直接的な害を被《こうむ》ったわけではない。

嫌がらせをしたという証拠はないはずだし、ルーシーが認めなければ温厚なウィリアムならやんわりと咎める程度で済ませてくれるだろう。

「悪評を吹き込んだなんて……殿下もアダムも、誤解しています」

「誤解？」

ウィリアムはレティシアの人間性を信じている様子だから、ルーシーがアダムに伝えた内容に悪意はなかったと主張しても、気分を害する恐れがある。それなら、ハルトとレティシアのあいだに生じた諍《いさか》いはアダムのせいにしてしまおう。友情をあっさりと捨てた彼が悪いのだ。

「よく聞いてください、殿下。アダムには、公爵令嬢への印象を率直に伝えただけです。アダムがあたしの言葉を曲解したんでしょう。あたしが公爵令嬢に嫌がらせをしたなんて事実はありません。寧《むし》ろあたしは、被害者です。現に怪我を――」

「水掛け論になるから、その話は不要だよ」

ルーシーの話をぴしゃりとさえぎり、ウィリアムは苦笑した。

「でも……そうだな。ラドフォード君は公爵令嬢について誤解していた理由を、最後まで僕に教えてくれなかった。腹を立てながらも君を庇ってくれた友人に対して、『曲解した』はひどいんじゃないかな？　ラドフォード君に責任をなすりつけているようなものだ」

「友達のあたしより身分も美貌も上の、親しくもない級友を信じた彼の方がひどいです」

「彼が信用したのはどちらかといえば僕だと思うけど……まぁ、いいか。ハーネット男爵令嬢は、ある意味では人を見る目があるんだろうね。ラドフォード君といい、公爵令嬢といい。憂《う》さ晴らしの相手として彼女を選んだのは正しいよ。あの子にとって君は対等な存在じゃない。君の立場を慮《おもんばか》って、大抵のことには目を瞑《つぶ》ろうとする。実際、彼女は君を許し続けてきた」

ウィリアムの物言いは、ルーシーの神経を逆撫でした。

（憂さ晴らしですって？）

悪いのはレティシアじゃないか。ルーシーのことを散々馬鹿にして。だというのに、みんなレティシアの肩を持つ。こんなの不公平だ。

ルーシーの不満など歯牙《しが》にもかけず、ウィリアムが悠然と言う。

「だからといって、このまま勘違いが続くと困るかな。彼女は王太子である僕の婚約者だから。君が見くびっていい相手じゃない」

「……非がどちらにあるにせよ、公爵令嬢とは和解しています。殿下のおっしゃることは杞憂《きゆう》です」

「ハルトをけしかけ、希望調査を持ち出すことで公爵令嬢との対立を更に煽《あお》ろうとしておいて、和解を主張するとはね。とてもじゃないけれど、成立しているようには見えないな」

「ですから、希望調査の件は――」

「うん。犯人は公爵令嬢で、君は濡れ衣を着せられたんだよね。それならそういうことにしようか。僕はそれでも構わないよ。どのみち、手遅れだから」

一段低まった声音に、ルーシーは嫌な予感を覚えた。

◇◇

レティシアが第二美術室まで駆けつけると、両開きの扉が中途半端に開いていた。廊下が無人だったこともあり、その隙間《すきま》から漏《も》れ聞こえてくる話し声は明瞭《めいりょう》なものだった。そっと中を覗き込むと、ウィリアムがルーシーと向かい合っていた。

「ハーネット男爵家には莫大《ばくだい》な借金がある。先代の男爵が王宮でへまをやらかし、没落。土地をすべて失い、残ったのは地方にある屋敷一つだけ。堅実な暮らしをしていけば残りの財産で最低限の生活ができたにも拘《かか》わらず、お人好しな君の両親の人柄が災いし、多額の借金を背負うことになってしまった」

ウィリアムの声は、普段通りの穏やかさ。ルーシーは彼が何を言いたいのかわからず、戸惑ったように瞬《まばた》きを繰り返している。

「それなりに学友が多い僕だけど、人脈の広さは学園外でも顕在だ」

夕陽を映した蒼穹《そうきゅう》の瞳が怜悧《れいり》に輝く。

「男爵家の借金だけど、知人の貴族に債権を買い取ってもらった。返済の滞《とどこお》っていたそれらを一気に回収にかかればどうなるかは、成績優秀な君なら想像がつくだろう？」

ひゅっ、と。ルーシーが息を呑む。彼女の顔から一気に血の気《け》が失せていく。

男爵家は屋敷と家財を手放すことになる。先ほど目を通した財務状況では、それでも賄《まかな》いきれない。

「僕の気分一つで、君の家族が路頭に迷うことになるわけだ」

刃物のように鋭い脅し文句を涼しげに告げて、ウィリアムが教卓に近寄った。彼は収納スペースから大きな封筒を取り出す。

「この中には、その知人のサインが記入された契約書が入っている。今から提示する条件を呑むなら、返済は今まで通りで構わない。そういった内容の書類だよ」

茶色の封筒とは別に、ウィリアムが突きつけたのは一枚の紙切れだった。レティシアのいる場所からでは、記されている内容までは判別できない。

続くウィリアムの言葉が、答えだった。

「君がこの退学届を提出するなら、僕の知人は滞納を大目に見てくれる。拒むなら、さっきの話が現実になる」

「冗談、でしょっ？」

ルーシーが愕然《がくぜん》と目を瞠る。ウィリアムは緩やかにかぶりを振った。

「冗談でこんなことを言うほど悪趣味じゃないよ。男爵家を立て直そうと意気込んでいたみたいだけれど、学園を去ったら難しくなるね。王立学園を退学したなんて醜聞《しゅうぶん》を抱えていたら、良縁も望めない。これまでの努力は水の泡だ」

退学、破産。どちらを取っても、男爵家に待っているのは破滅だ。

「嘘ですよね？　こんなのただの脅しで、本気じゃないんでしょ？　弟はまだ十一ですよ？　それを路頭に迷わせるなんて、お優しい殿下がなさるわけ——」

「君にとって都合のいい姿勢を優しさと言われても、困るかな。ここには僕と君の二人しかいない。誰も君を庇ってはくれないよ？　さあ、どちらを選ぶんだい？」

ウィリアムの返答はどこまでも容赦なかった。

ルーシーはここに至ってようやく、事の大きさを理解したらしい。細い肢体《したい》が小刻みに震えだす。顔色は真っ青だった。怯《おび》えを宿した瞳が、縋るようにウィリアムを見る。

「……っ、あ、あたしがやりました！　生徒会にも、公爵令嬢にもきちんとお詫《わ》びします。先生にも正直に話しますから、だから……ッ！」

嗚咽《おえつ》交じりの声でルーシーが訴える。圧倒的な権力の前では事実も嘘も、何もかもが無意味なのだと、彼女はようやく理解したのだ。

「それで許される段階はもう過ぎたよ。公爵令嬢は再三に渡って君に忠告したはずだ。彼女に免じて、僕も寛大な対応を心がけた。反故《ほご》にしたのは君だろう？」

「殿下……‼」

取りつく島もなく、ウィリアムが言う。

「実家の破産か、退学か。君自身の意志で、好きな方を選ぶといい」

逃げ場のない二者択一に、ルーシーは絶望した顔で膝から崩れ落ちた。うずくまって嘘よ、と呟く彼女から目を上げて、ウィリアムが戸口へと顔を向けた。ぱちり、と視線が絡《から》む。すると、ウィリアムは意味深な笑みを浮かべた。

その微笑みの意味が、レティシアには伝わった。

ウィリアムがアレクシスに男爵家の調査書を預けたことには、必ず意味がある。放課後はルーシーと会うと、わざわざアレクシスに伝えたことも含めて推論を広げていけば、レティシアをこの場に駆けつけさせたかったとしか考えられない。

上手い具合に落としどころを探って、ルーシーに救いの手を差し伸べてあげるといい。それが、ウィリアムの意図に違いなかった。

レティシアは目を伏せる。

どうしてウィリアムがルーシーにここまで残酷な二択を迫ったのか。レティシアのために決まっている。ウィリアムがやらなければ、同じことをレティシアがしていた。

ハッタリを利《き》かせてルーシーを脅して、金輪際《こんりんざい》レティシアへの嫌がらせは控え、これまでの所業を正直に告白してくださいね、と。そうなった時、ルーシーが抱えるレティシアへの悪感情は、くすぶり続けたはず。自分を脅した人間に好意を持つことは、難しい。

レティシアとルーシーのあいだにわだかまりが残らないよう、ウィリアムは憎まれ役を買って出てくれたのだ。

これはウィリアムの愛情だ。理解している。理解しているけれど、甘受《かんじゅ》するわけにはいかない。だってレティシアは、ウィリアムが誰かに憎まれる姿なんて見たくない。高潔な王太子という彼が築き上げてきた人物像を、こんな形で汚《けが》したくなかった。このままでは、ルーシーがウィリアムを冷酷な人だと思い込んでしまう。そんなのは嫌だ。

両開きの扉を勢いよく開け放って、レティシアは美術室に踏み込んだ。蝶番《ちょうつがい》の軋《きし》む音が、重たい沈黙で満ちた室内に響く。

大きく見開かれたルーシーの瞳と、凪《な》いだ水面《みなも》のようなウィリアムの瞳。それらを交互に見据えてから、レティシアはたおやかに微笑んだ。

「お取り込み中のところ、失礼しますね」

ウィリアムは何も言わなかったが、レティシアの闖入《ちんにゅう》にルーシーは大きく反応した。

「あ、あたしを嘲笑《あざわら》いに、来たわけ……っ？」

不遜《ふそん》な態度は相変わらずだけれど、涙目かつ、しゃくり上げながらでは、生意気さも半減だ。

そんなルーシーは無視して、ウィリアムへと歩み寄る。退学届に手を伸ばすと、彼はあっさり渡してくれた。手の中の紙切れを、左右に引き裂く。力を入れた拍子《ひようし》に左の手首が痛んだが、なんとか顔に出さずにこらえることができた。勢いよく破って紙屑《かみくず》と化したそれを、ごみ箱に捨てる。

「何、して……っ」

呆気《あつけ》に取られているルーシーを無視して、レティシアは教卓に近寄った。

「ちょっと待って、レティ」

置かれていた封筒を手に取ろうとすると、今度はウィリアムに肩を摑まれた。二人のやり取りを聞いていて、一つ気になったことがあった。阻《はば》むということは、予想は当たっているみたいだ。

「放してくださいな、ウィル様。これは、わたくしの問題です」

訴えかけてくる瞳に向けて、やんわりと微笑みかける。

「上手くやりますから」

じっと見つめ合うこと数秒。根《こん》負けしたのは、ウィリアムの方だった。浅くため息を吐《つ》いて、解放してくれる。封筒を手に取ったレティシアは、中から一枚の用紙を取り出した。入っていたのは、その一枚だけ。

うずくまるルーシーの前でしゃがみ込んだレティシアは、その紙を掲《かか》げてみせた。真っ白な、何も書かれていない用紙を。

「よく見てくださいな、ルーシー様。殿下が用意した紙には、何も書かれておりません」

ぱちくり、とルーシーが目を瞬《またた》かせる。

「ルーシー様がおっしゃった通り、殿下はお優しい方ですもの。あのような脅し文句を本気で実行するはずがありません。わかりませんか？　殿下はわたくしからあなたを庇おうと、一芝居打ったのです」

「芝、居……？　嘘って、こと……？」

「はい。男爵家の債権を買い取ったというのは真っ赤な嘘ですわ。その証拠に、封筒に入っていた用紙はこの通り白紙です」

恐る恐る用紙を手にしたルーシーが、ほうっと息を吐き出した。だが、彼女はすぐにまた顔色を悪くする。

「あたしを庇う……って？」

「ルーシー様には散々煮え湯を飲まされましたので。わたくしを侮《あなど》るとどうなるか、知らしめようと準備を進めていたのです。わたくしを止めるため、殿下はルーシー様から謝罪を引き出そうとなさったのでしょうけれど……それでは、わたくしの気持ちは収まりません」

素知らぬ顔ででたらめを並べ立て、レティシアは首を傾《かし》げた。

「ルーシー様は、わたくしがお嫌いなのでしょう？」

「顔も見たくないわ」

即答だった。すぐ目の前にウィリアムがいるというのに。ブレないなぁと心の中で苦笑する。レティシアはふわりと微笑んだ。

「よかった。でしたらわたくしたち、お友達になりましょう」

「は？」

心の底から嫌そうな、たっぷりと険を孕《はら》んだ『は？』だった。ちょっと傷ついたが、レティシアはおくびにも出さなかった。

「いいですか、ルーシー様。嫌がらせというのは、相手を困らせるだけに留《とど》まらず、心の底から嫌がる行為でなくては意味がないのです。大嫌いなわたくしと、友人として時間を共有する。ルーシー様にとって、とってもとっても、屈辱的ですわよね？」

「ふざけた話をしないで――」

「あら？　ルーシー様には、拒否権がないはずですけれど。権力を持った人間に楯突《たてつ》くとどうなるか、実感なさったばかりでは？」

怒りで赤くなっていた顔が、今度は青くなる。コロコロと変わる顔色を不憫《ふびん》に思いつつ、レティシアは冷静に指摘する。

「それに、ルーシー様にとってこの提案はメリットがあるはずです。未来の王太子妃であるわたくしの友人という称号があれば、将来の人脈はぐっと広がりますわ。男爵家を支援してくださるお方と巡り逢《あ》う可能性も高まるかもしれません」

「あ……」

初めてそれに気づいたように、ルーシーの瞳に拒絶以外の感情が浮かんだ。見込みがありそうで、レティシアはホッと胸を撫で下ろす。

友人関係が嫌がらせになるというのは、あくまで口実だ。ひとまず、ルーシーにはレティシアに喧嘩を売るより仲よくした方が得、と思わせることができればそれでいい。ゆくゆくは、打算のない関係を築けたら最良だけれど。

「ルーシー様はご自身の将来のためにわたくしを利用できる。わたくしは友人という関係を強《し》いることでこれまでの鬱憤《うつぷん》を晴らせる。理に適《かな》っているでしょう？　一石二鳥というものです」

「なんだか、ちょっと違うような……」

静観してくれていたウィリアムが、つい、といった感じで呟いた。

「殿下？　令嬢《レディ》の秘密のお話に殿方が口を挟むのは、マナー違反ですわ」

苦笑したウィリアムは、他には何も言わなかった。

「あたしが、公爵令嬢を利用する……」

「はい。わたくし、これでも殿下の正式な婚約者ですから。利用価値はたっぷりかと」

ルーシーの目が疑わしげに細まる。

「……友達だとか聞こえのいい言葉を使って懐柔《かいじゆう》して、あたしをいじめる気なんでしょ？」

これまでのルーシーの言動から推察するに、だ。家族の人生が自分の双肩《そうけん》にかかっているという重圧の中、入学試験に合格し、成績を維持し続けてきた。そんな彼女の努力が、正しい形で報《むく》われてほしい。レティシアの想いはこれだけなのだけれど。そのまま口にしても、現在の関係性では信じてもらえそうになかった。

「そこは、ルーシー様の態度次第かと。ルーシー様がわたくしにとって善《よ》き友人でしたら、わたくしもルーシー様の善き友で在れるよう、精進《しょうじん》いたします」

ルーシーの瞳に浮かぶ疑わしげな色は消えなかった。なので、強引に話を進めることにする。

「先ほどお伝えした通り、ルーシー様に拒否権はありません。今後はただの級友《クラスメイト》ではなく、友人として仲よくしましょう？」

立ち上がったレティシアが手を差し伸べると、ルーシーは相も変わらず敵意に満ちた眼差しで見上げてくる。じっと動かない彼女の反応を、辛抱《しんぼう》強く待つ。根負けしたルーシーが、渋々といった顔で手のひらを重ねた。

いつかの日のように、撥《は》ね除《の》けられなかったのは前進だ。

「それでは、ルーシー様？　明日から友人としてよろしくお願いしますね」

話はこれで終わりなので今日はもう帰っていいですよ、と言外に告げる。だいぶ神経を擦《す》り減らしたのか、ルーシーは覚束《おぼつか》ない足取りで第二美術室を出ていった。

◇◇

「封筒の中身が白紙だと、どうしてわかったんだい？」

二人きりになると、ウィリアムがそう尋ねてきた。

「ウィル様の人徳を以《もっ》てしても、あのような益のない話に乗る貴族がいるとは思えません。また、根回しする時間も足りないのではないかと考えたのです」

男爵家に強い恨みを持っている、などの動機があればまだ理解できるが。回収の見込めない債権を王太子の頼みだからといって買い取るお人好しな貴族が、都合よく見つかるとは思えなかった。いつかは見つかるかもしれないが、それだけの時間と自由はウィリアムになかったはず。

「流石《さすが》はレティ。慧眼《けいがん》だね」

「奇遇ですわね、ウィル様。わたくしもアレクシス様との交渉には空手形で臨《のぞ》んだのです」

「婚約者だと、考えも似るのかな」

可笑《おか》しそうに笑みをこぼした後、ウィリアムが柔らかく瞳を細めた。

「事後処理が残っているけど、これで男爵令嬢も非を認める気になっただろうし、今回の件は落ち着く目処《めど》がついたね。お疲れ様、レティ」

ウィリアムの算段をぶち壊し、勝手な振る舞いをしたというのに、文句の一つもこぼさない。ルーシーにあそこまで残酷な選択を迫ったのは、レティシアの代わりに憎まれ役を買って出てくれたのだろうに、そこにも触れない。

問い詰めたところで、ウィリアムはレティのためだよ、なんて絶対に言わない。ウィリアムはいつでもレティシアの味方で、いつだってレティシアの気持ちを尊重してくれる。自分は婚約者としてこの上なく大切にされている。

だからこそ、ウィリアムにあんな真似をさせてしまったことが悔しかった。彼の高潔さを、レティシアが誰よりもよく知っているのに。周囲が期待する通りの、立派な王太子で在ろうと努力している彼に、年下の令嬢を脅迫させてしまった。

生徒会室で彼が仄めかした脅し文句とはわけが違う。あれもレティシアが招いてしまった事態だが、あの時のウィリアムはあくまで生徒会長としての責務を果たしただけ。レティシアを慮って取った行動なのだから、レティシアがしっかりした婚約者で在れば起こり得なかったのだ。レティシアが不甲斐ないから、ウィリアムが気を利かせてくれたのだ。自分で自分が許せなかった。

じわじわと目頭《めがしら》が熱くなってきて、レティシアは咄嗟《とっさ》に封筒で顔を隠した。

「レティ……？」

「なんでもありません」

「なんでもないって声じゃないけど……」

平坦な声音を意識したつもりだけれど、迫《せ》り上がってくる嗚咽は完全には殺せていなかった。レティシアの甘さが招いたことなのに泣くのは卑怯《ひきょう》だから、絶対に顔を見られたくない。

「なんでもありませんから、ウィル様は先にお帰りください」

「そう言われて『はいそうですか』とはならないでしょ。どうしたの？」

「………」

「ごめん、流石に出過ぎた真似だったかな。怒ってるよね？」

「そんなわけ……っ！」

誤解に、慌てて封筒を除《の》ける。目が合うと、ぼやけた視界の先でウィリアムが悪戯《いたずら》っぽく微笑んでいた。やられた、と思う。この婚約者様は、レティシアの扱い方を本当によく心得ている。

「もう……っ！」

理解されていて嬉しい。敵《かな》わないのは悔しい。心の中はぐちゃぐちゃだ。溢《あふ》れてくる涙を拭《ぬぐ》うと、距離を詰めたウィリアムにふわりと抱き寄せられた。頬に触れる優しい熱。感じる体温に鼓動が速くなる。

子供の頃から変わらない、レティシアが世界で一番安心できて、最近は少しだけ緊張する場所。

「どうしたの？」

耳元で囁《ささや》かれる声は蕩《とろ》けそうになるくらい甘くて、抗《あらが》えない魔力を秘めていた。ウィリアムがあやすように優しく背中を撫でてくれる。

「わたくしの代わりに泥を被《かぶ》ろうとしてくださったウィル様のお気持ちは、とても嬉しいです。ただ、こうなる前に対処できなかった自分が、情けなくて……っ」

どうして上手くできないのだろう。ウィリアムが同じ立場であったなら、早々にルーシーと和解できたに違いない。同じことが、レティシアにもできないといけないのに。

穏便に済ませるどころか、事態を拗《こじ》れさせてしまった自分が情けなくてたまらなかった。

「そんなことないよ。僕がでしゃばらなければ、レティはちゃんと自分で解決できていた。僕が邪魔をしたんだよ」

彼の腕の中で、レティシアは強くかぶりを振る。

「ウィル様に気を揉ませてしまった時点で、だめなのです。わたくしがもっと早く動いていれば――」

「少し前に、レティの華麗な逆襲劇を見てみたいって会話をしたの、覚えている？」

レティシアの言葉をさえぎって、そんなことを問いかけてくる。池に投げ捨てられた髪飾りをウィリアムが拾ってくれた後に交わした会話だ。記憶しているけれど、質問の意図がよくわからない。

こつん、と額《ひたい》を合わせて、ウィリアムが囁いた。

「あれ、本心じゃないんだよね」

「……？」

ウィリアムの言いたいことがまったくわからない。きょとん、と上目遣《うわめづか》いに見つめると、間近にある双眸《そうぼう》が翳《かげ》りを帯びた。

「レティがしないってわかっていたから言えただけ。僕が余計なことをしたのは、レティにさせたくなかったからだよ。ただの、僕のわがまま。身分を利用した脅しも時には必要だけど、レティは気が進まないでしょ？　好きな人の方が珍しいだろうとは思うけど」

「ウィル様だって、お嫌いじゃないですか」

「うん。でもほら、僕は王太子だから。生まれた時からそういう立場なわけで」

「わたくしだってウィル様の婚約者です。だからこそ――」

「だからだよ」

滅多《めった》にない、強い口調で。

「だから僕は、嫌なんだよね」

ウィリアムが憂鬱そうに言う。

「僕の婚約者じゃなかったら、レティは絶対、ものすごく可愛い女の子に成長していたと思うんだ。もちろん、今のレティだって可愛らしいよ？　でも、公爵の教育で見えにくくなった部分があるのも、確かだから。昔のままなら、人付き合いでレティが苦労することもなかったんだろうなって」

「ええ、と」

破壊力が凄《すさ》まじくて、内容が頭に入ってこない。涙はとっくに引っ込んでいて、ただただ頬が熱い。恥じらうレティシアに気づいた様子もなく、ウィリアムは続けた。

「行き過ぎなくらいの英才教育も含めて。僕の婚約者じゃなければ、レティはもっと伸び伸び過ごせていたんじゃないかなって思うと……僕の婚約者って立場が、君から奪ってしまったものはあまりにも多い。だからせめて、国を左右するわけでもない学生同士の諍《いさか》いくらいなら、レティが嫌なことはさせたくなかったんだ」

吐露《とろ》された本音は、レティシアが想像すらしていなかったことだった。

「それから、もう一つ白状しておくと。一連の騒動だけど、僕はけっこう怒っていたんだよね」

「当然かと思います。生徒会にも多大なご迷惑をおかけしてしまって……」

「あぁ、うん。それは……怒るとまではいかないかな。ハルトの対応が寛大で感心したし、後輩の意外な一面を知れたって意味では収穫もあったから」

「では、ウィル様が怒っていらしたというのは、何に……？」

抱擁《ほうよう》を解いたウィリアムが、嫌悪の滲む声音で言う。

「情けない話なんだけど、男爵令嬢にあそこまでひどい二択を迫ったのは完全に私怨からなんだよね……」

「私怨？」

ウィリアムが包帯で覆われたレティシアの手を取る。壊れ物を扱うかのように慎重な手つきだった。

「この怪我も、男爵令嬢が関係しているよね？」

誰にも話していないのに、ウィリアムの言い方は確信的だった。切なげな青空の瞳を前にすれば、嘘など吐《つ》けない。レティシアは苦笑で応える。

そっと手を放したウィリアムが生真面目《きまじめ》な顔で囁く。

「大事な女の子に怪我をさせられて、大目に見るのは難しいよ。私怨っていうのはそういう意味」

王太子として常に他者の目を意識し、感情任せに動いたりしないウィリアムだから。言外に特別なんだよ、と言ってもらえたみたいで嬉しい。嬉しいけれど、ウィリアムの本音が吐露された後だったこともあり、とある懸念《けねん》が過《よ》ぎった。

「あの……ウィル様がわたくしを甘やかしてくださるのは、負い目を感じていらっしゃるからなのでしょうか……？」

罪滅ぼしの一環で、愛情を注がれているのだろうか、と不安になる。

「え？　いや、それとこれとは話が別だけど」

違ったようで安堵しつつ、その先も聞きたくなってしまった。

「ではなぜ、ウィル様はわたくしを甘やかしてくださるのでしょう？」

「それは……レティは僕の婚約者だし」

「婚約者だから……だけですか？」

期待に満ちたレティシアの眼差しに、ウィリアムは視線を逸らした。

「ええと、話がだいぶズレてないかな？」

（……逃げましたわ）

さっき、ものすごい殺し文句をしれっと口にしていたのに。

その先が大事だったのにと頬を膨《ふく》らませたレティシアだったが、それ以上の意地悪は自重して、表情を引き締めた。

「ウィル様との婚約は政略的なものです。物心つく前に決まったことでもありましたから、王妃となる将来は、わたくしの意志となんら関わりなく定められたものと言えます。ですが……」

初めて挨拶《あいさつ》した時のことは、幼過ぎて朧《おぼろ》げにしか記憶していない。当時から完成された美貌と柔らかな物腰を備えたウィリアムは、さながら絵本に出てくる王子様のようだったに違いない。

そんなウィリアムに惹かれるのは女の子なら当たり前で、レティシアも例に漏れることなく。彼のお嫁さんになるためなら、なんだって頑張れると思っていた。

「ウィル様の婚約者でなかったら、などという仮定に意味はありません。わたくしが、ウィル様の婚約者でいたいから、ものすごく頑張ったのです。だから……そんな悲しいことを言わないで」

ウィリアムが負い目を感じる必要なんてないのだ。嫌だったら、とっくに音《ね》を上げて逃げ出している。

勇気を出して、えいっ、とウィリアムの腕の中に飛び込む。抱きとめてくれた彼が少し驚いた反応を見せたのは、挨拶以外でレティシアから抱きつくのは久方ぶりだからだろうか。

子供の頃は何も意識することなくできていたけれど。いつの頃からか、緊張を覚えて躊躇《ちゅうちょ》するようになった。

胸に頬をすり寄せ、思ったままを口にする。

「わたくしの婚約者がウィル様でよかったと、心から思っています。いつだって。ですから、このような形で甘やかすのはほどほどにしてくださいな。慣れてしまったら、いざという時にウィル様を支えられなくなってしまいますわ」

「それは……難しいかも？」

「ウィル様……っ！」

ここまで言っても伝わっていないのかと、レティシアは抗議の眼差しを送る。見上げた先で、ウィリアムが柔らかく瞳を細めた。

「僕の婚約者が可愛い過ぎるから、不可抗力だよ」

「……先ほどは渋っていらしたのに、今おっしゃるのですか？」

「あれは……だって、あんな期待に満ちた目で求められたら、流石に恥ずかしいってば」

困ったようにうつむくウィリアムが、愛《いと》しくてたまらない。

レティシアだけに向けてくれる慈《いつく》しみに満ちた笑顔も、思案《しあん》にふける真剣な顔も。全部好き。その中でも困り顔は一等格別だと思ってしまうレティシアは、彼の言う通り悪女なのかもしれない。

照れて困る顔がもっと見たいという悪戯心が湧き上がってくる。

「ウィル様にとってわたくしが可愛い婚約者だというのは、本心からの言葉でしょうか？」

キラキラとしたレティシアの笑顔に、ウィリアムがたじろいだ。

「その確認は、なんだかすごく不吉な予感がするんだけど……」

「不吉だなんて。せっかくの機会ですので、ウィル様からのお言葉をしっかりと堪能《たんのう》したいという混じりけのない、純粋な、他意のない乙女心からの確認ですわ」

「聞けば聞くほど、嫌な予感が……」

ウィリアムがなかなか応えてくれないので、焦《じ》れたレティシアは強引に切り出す。

「わたくしたちの関係には、少々距離があると思うのです」

「距離……？」

「こんなに可愛らしい婚約者が腕の中にいるのです。ウィル様が紳士の鑑《かがみ》なのは重々承知しておりますけれど、据え膳食わぬは男の恥とも言いますよ？」

「…………」

ウィリアムの慌てふためく姿をワクワクと待ち構えていると。返ってきたのは、深い深いため息だった。

(あら……？　なんだか、想像とは違った反応が……)

「レティ」

「はい」

芯のある声で呼ばれたものだから、自然と背筋を伸ばしてしまう。

ウィリアムが微笑んだ。蜂蜜みたいに甘い笑みだった。

「確かに、可愛い婚約者のおねだりを無下《むげ》にするなんて情けない話だよね。具体的に、レティは僕にどうしてほしいのかな？」

「具体的に、ですか……っ!?」

照れた顔が見たかっただけなんです、と言える雰囲気ではなくなっていた。追い詰めるはずが逆に追い詰められて焦るレティシアの耳元で、ウィリアムが囁く。

「僕が勝手に解釈してもいい？　目を閉じてほしいな」

「え？」

この状況で目を閉じる。レティシアは真っ赤になった。

「嫌かな……？」

「そういう、わけではないの、ですが……」

吐息が耳にかかって、ますます顔が熱くなる。

腰に回された手のひらを意識するだけでも緊張するのに。ここから先なんて、どうなってしまうのか。恥ずかしさから逃げ出してしまいたい気持ちと、言いだしたのは自分なのだからという想いがぶつかる。

固まるレティシアを導くように、頬に手が添えられた。促されれば、顔を上げるしかなくなる。

じんわりと伝わってくる優しい熱に、胸が高鳴った。

ほとんど条件反射で目を瞑ると、優しい手つきで前髪をかき上げられた。次いで、柔らかな感触が額に落ちる。ウィリアムがレティシアの額に口づけたのだ。ぱちりと目を開ければ、身を離したウィリアムがクスリと笑む。先ほどまでの蠱惑《こわく》的な雰囲気はどこへやら。悪戯が成功した子供みた

いな笑い方だった。

緊張が一気に解けて、膝から力が抜けた。レティシアがうずくまると、ウィリアムも目線を合わせて片膝をついてくれる。

「ごめん、やり過ぎたね」

ふるふると首を横に振る。ウィリアムが謝ることは何もない。どう考えても、レティシアが悪い。及び腰なレティシアの態度は、ウィリアムを傷つけてはいないだろうか。恐る恐る彼を窺うと、夕陽を孕んで輝く瞳に浮かぶのは、馴染《なじ》んだ慈しみの色だった。

屈《かが》んだウィリアムが、立てるかい、と手を差し伸べてくれる。反射的に手のひらを重ねたレティシアは、さっきは腰が引けてしまったが、決して嫌だったわけではないのだと伝えておかなくてはと気づいた。

「あの、ウィル様」

「うん？」

「心の準備もできていないのに、誘惑の真似事なんかしたりしてごめんなさい……。今のわたくしには、これが精一杯のようです……」

男性にしては優美で繊細な手に、指先を絡める。ここまでなら、なんとか。

繋いだ手をじっと見つめたウィリアムが、しみじみと言った。

「レティって、やっぱり天性の悪女だよね」

「反省しております……」

無責任にからかうのはよくないことだ。項垂《うなだ》れるレティシアを見て、ウィリアムが苦笑する。彼はそういう意味じゃないんだけどな、と呟いたが、その真意がレティシアにはよくわからなかった。

「そうだな……。次は自制できる自信がないから、煽る時は相応の覚悟を持って煽ってほしいな」

気品や優雅さを意識したものではなく、年相応で屈託のない笑み。おそらくそれは、レティシアだけが知っている笑顔だった。

# エピローグ

それは、ある休日の午後のこと。

「もう無理！　手が限界！」

ペンを握る手をぷるぷると震わせ、ルーシーが悲鳴を上げた。向かいに座ったレティシアは、彼女を励ます。

「頑張ってください、ルーシー様。本日の目標達成まで残り三枚です。あとほんの少し頑張れば、苦行《くぎょう》から解放されますわ」

現在ルーシーは、生徒の氏名とクラスが記入された紙に、レティシアが挙げた講師の氏名を書き入れる作業を行っている。

作業を開始してから三時間は経過しており、彼女が記入した用紙は三十七枚に達していた。休憩を挟みながらではあっても、手が痛くなるのは無理もない。

「あたしの手首が悲鳴を上げてる……。もう無理……」

ぶつくさ言いながらも、ルーシーはきちんと手を動かしている。隣で課題を進めていたメリルが首を傾《かし》げた。

「ルーシーって時間さえあればペンを握って自習に励んでいるじゃない？　その延長線だと思えば、痛みもどうってことなくなるんじゃないかしら。日課でしょ？」

「掠《かす》めてすらないのに、延長線だと思えるはずないでしょ。名前を書くだけの作業よ？　自習と違ってあたしの頭の中には何も入ってこないの！」

「ですが、これがルーシー様への罰ですから。紛失した百五十枚の回答用紙を用意することが、ルーシー様の処遇が穏便に済むよう、殿下が先生方に口添えしてくださる条件ですもの」

ルーシーに協力した男子生徒は、百五十枚の真っ白な紙に一年生の氏名とクラスを書く。その紙に、ルーシーがレティシアの記憶に従って三名の希望講師の名前を書き入れる。筆跡がすべて同じになってしまうが、これで紛失した回答用紙は形だけ元通りになる。

生徒会の顧問には、回答用紙を水浸《みずびた》しにし、だめにしてしまったので別の紙に書き写したと伝える手筈《てはず》になっていた。

これが、レティシアがルーシーと彼女に協力した男子生徒に科した罰だった。

それを言われると黙るしかないのか、ルーシーは唇を尖《とが》らせながらもそれ以上の不満はこぼさなかった。文句を呑み込んで無心で手を動かし始める。

三人のあいだにまた沈黙が流れ、しばらくしてから今度はメリルが声を発した。

「ね、レティ。ランリール語なのだけど。解説を読んでもよくわからないの。問四の文法ってどうなってるの？　教えてくれない？」

教本を覗《のぞ》き込もうとして、気づく。ルーシーがちらちらとメリルのノートに視線を送っていた。なんだかそわそわした様子だ。

少し考えてから、レティシアは微笑んだ。

「わたくし、ルーシー様の考え方に興味がありますわ。解説は、ルーシー様にお任せしてもよろしいでしょうか？」

指名されたルーシーはちょっと嬉しそうな顔になる。

「学年主席様の参考になるとは思えないけど。引き受けてあげてもいいわよ？」

表情に反して放たれた言葉は棘《とげ》がたっぷりだ。嫌がらせはやめてくれるようになったし、生徒会にもきちんと謝罪したルーシーなのだが、レティシアへの対応は未《いま》だに改善されていない。

その割には、なんだかんだ共有する時間が増えていたりはする。なので、態度ほどはレティシアと過ごすのを嫌がっていないのでは、と感じていた。時間の経過と共に態度が軟化してくれたらありがたいのだけれど。

「ランリール語は、ケネス語ほど複雑じゃないわ。動詞の活用が細かくて覚えるまでは大変かもしれないけどね」

メリルのノートに書き込みながら、主語が一人称だと動詞の活用はうんぬんとルーシーが説明を始める。嫌味な前置きとは裏腹に、説明はとても丁寧《ていねい》なものだった。だんだんとメリルの顔に理解の色が及んでいく。

「あ、わかってきたかも。ルーシーは人に教えるのが上手《うま》いのね。すごくわかりやすいわ」

「そ、そう？」

褒《ほ》められて、ルーシーが口元を綻《ほころ》ばせた。満更《まんざら》でもない顔だ。レティシアは彼女のこういうところが微笑ましいなぁと思う。ルーシーは自分ではない誰かのために一生懸命になれる人だ。きっと根はいい子なのだと感じる。

ルーシーの手はすっかり止まっていたが、まぁいいか、とレティシアは目の前の講義を見守ることにした。

ふと自習室の空気がざわついた。話し声はそれなりに飛び交っていたのだが、そこに別のざわつきが生じたのだ。

どこかから殿下だわ、という声が聞こえてきたので、レティシアは条件反射で視線を彷徨《さまよ》わせた。華やかな存在感を放つ王太子の姿はすぐに見つかった。窓際《まどぎわ》のテーブルで、一人の男子生徒と会話を交わしている。彼に何か用事があって図書館を訪れたのだろうか。

その近くに座る生徒たちがちらちらとウィリアムを気にしていた。もしかすると、話しかける機会を窺《うかが》っているのかもしれない。

そわそわとした彼ら彼女らを、レティシアはほのぼのとした気分で眺めた。

「気になるなら、声をかけに行けば？」

ルーシーがそっけない調子で言う。いつの間にか二人の講義は終わっていて、ルーシーは暇《ひま》を持て余すように手元に置いてあった辞書をパラパラとめくっていた。

「規則がありますから」

学園内でウィリアムを独占しない。鉄の掟《おきて》だ。

あっそ、とルーシーがそっぽを向く。何となく、不満げな様子が窺えた。ルーシーはレティシアがウィリアムに声をかけに行くべきだと考えている。ということは、だ。

「わたくしを気遣《きづか》ってくださるのですね、ルーシー様」

「気持ちの悪いことを言わないで」

バッサリだった。

ルーシーはツン、とした態度で捲《まく》し立てる。

「あなたが王太子の婚約者じゃなくなったら、あたしが困るもの。あと、ほんっとに疲れたから監視役にはいなくなってほしい。心から。しばらく休憩させてちょうだい」

本心か照れ隠しか、どちらだろう。判断がつかないので、心配してくれていると都合よく解釈しておくことにした。

「私もルーシーに同意するわ。あんなふざけた規則、律儀《りちぎ》に守る必要ないでしょ？　婚約者は適用外よ」

メリルの指摘に、レティシアはゆったりとかぶりを振る。

「規則はともかくとして、殿下とお話ししたい方はたくさんいらっしゃいますもの。無粋《ぶすい》な真似はできませんわ」

以前にもメリルと似たようなやり取りをした。あの時も今も、口にしたのは嘘偽《うそいつわ》りのない本音。

だが、今はもう一つ、遠くから眺めていたい理由が生まれていた。

ちらりとウィリアムに視線を移すと、目が合った。彼は嬉しそうに頬を緩《ゆる》めてくれたが、レティシアはさっと視線を逸《そ》らしてしまう。

(感じが悪かったでしょうか……っ？　でも……)

美術室での恥ずかしいあれこれがパッと脳裏に浮かんで、頬が熱を持つ。真っ赤になった顔を隠すように、レティシアはうつむいた。意味もなく、髪の毛先をくるくると指先でもてあそぶ。

先日のやり取りを思い出すだけで、レティシアは落ち着かない気持ちになる。面と向かって話をしたら、挙動不審になってしまう自覚があった。

「わたくしと殿下の仲はそれなりになりですので、普段はこのくらいの距離がちょうどよいのだと思います……」

誰に聞かせるでもなく、呟《つぶや》く。

ウィリアムはみんなの王子様なので、独り占めは厳禁。加えて彼は心臓に悪い人だから、学園内では遠くから眺めているくらいでちょうどいいのだ。

## 書き下ろし特別編

# ありのままの君で

Special Edition

「よくお似合いですわ、お嬢様」

鏡台にブラシを置いて、公爵家の侍女が満足そうに微笑んだ。

姿見の前に立ったレティシアは、頭のてっぺんからつま先まで、己《おのれ》の姿をじっと確認する。流行に沿った細やかな花柄のドレスは、春らしい薄桃色。年頃の令嬢らしく結い上げられた銀髪。鏡に映っている自分は、公爵家の令嬢として申し分のない装《よそお》いだ。

今日は四の月《エイル・ディア》の十三日。レティシアが王立学園に入学してから迎える初めての休日にあたり、ウィリアムと出掛ける約束をしている日でもある。これまで登城以外でまともに外出をしたことがなかったレティシアは、予定が決まった時からこの日を心待ちにしていた。

侍女に送り出され、寮の部屋を後にする。

本来であればこのまま侍女を伴うべきなのだが、父の忠実な僕《しもべ》である彼女はレティシアの一挙手一投足に目を光らせている。それではせっかくの外出も息が詰まるだろうということで、王宮から派遣された女性騎士が一人、護衛兼レティシアの世話係として同伴してくれる手筈《てはず》になっていた。

ウィリアムの心配りだが、王宮でレティシアと面識がある女性騎士を選出してくれたのは王妃だ。母の学友である王妃は昔からレティシアを気にかけて可愛がってくれる、ありがたい存在だった。

外に出ると、春風が優しく頬を撫でる。降り注ぐ朝陽は眩《まぶ》しく、絶好のお出掛け日和《びより》だ。

学園の門を潜《くぐ》り、大通りに出る。すぐ近くに馬車が停《と》まっていて、ウィリアムと護衛を務める三人の騎士の姿が見えた。女性騎士だけでなく、二人の男性騎士もレティシアにとって見覚えのある顔であり、多少のお転婆には見て見ぬふりをしてくれる、ウィリアムの側近だった。

石畳の端で佇《たたず》む王太子は、燦々《さんさん》とした朝陽に負けないくらい眩《まばゆ》い美貌をたたえている。

「ウィル様……っ！」

駆け寄ったレティシアは、いつものように大好きな婚約者に飛びついた。ウィリアムが慣れた動作で抱きとめてくれる。二人のあいだで交わされる、幼い頃からのお決まりの挨拶《あいさつ》。優しいぬくもりに、ちょっとだけ緊張を覚える。昔は安堵《あんど》しか感じなかったのだけれど。

「おはよう、レティ」

覗《のぞ》き込んでくる瞳におはようございます、と返して身を離したレティシアは、ドレスの裾《すそ》を持ち上げ、その場でくるりと回った。

「ウィル様、ウィル様、どうでしょうか？」

褒《ほ》めて褒めて、という期待を込めて、朝陽を孕《はら》んで輝く瞳を見上げる。ウィリアムが微笑んだ。

「似合ってると思うよ」

「それだけですか？」

レティシアは頬を膨《ふく》らませた。当たり障《さわ》りのない褒め言葉は、期待していたものとはちょっと違った。王宮で面会するたびにドレスや髪型を褒めてくれるウィリアムだから、今し方の返答では物足りなかった。

抗議の視線を送ると、ウィリアムが堪《こら》えきれなくなったという風に噴き出す。

「ごめん、ごめん、つい……。意地悪だったね」

クスクス笑った後、ウィリアムが柔らかく双眸《そうぼう》を細めた。

「可愛いよ、すごく」

一音一音、丁寧《ていねい》に紡《つむ》がれた褒め言葉は、くすぐったいくらい真っ直ぐなものだった。疑いようのない本音を嬉しく思いながら、湧き上がってくる悪戯《いたずら》心を抑えきれず、レティシアは再び唇を尖《とが》らせた。

「本気でそう思っていらっしゃいますか……？」

ウィリアムが不服そうな顔になる。

「ものすごく心を込めた、心からの『可愛い』だったんだけど」

「どこがどう可愛いかを具体的におっしゃっていただけませんと、ただの社交辞令に過ぎないのではないかと疑心暗鬼になってしまいますわ」

「その割には、口元が緩んでいるよ？」

つん、と頰を突《つっ》かれた。頑張って表情を作ったつもりだったが、嬉しさを隠しきれていなかったみたいだ。

「レティはすぐに僕をからかおうとするんだから」

「ウィル様だって、先ほど意地悪をなさったではありませんか」

お互い様ですと主張すると、ウィリアムが苦笑した。

「返す言葉もないけど、レティの反応が可愛くて、つい言いたくなってしまうんだよね」

「そっくりそのまま、同じ言い訳をお返ししますわ。ウィル様が可愛らしいので、不可抗力というものです」

不服そうなウィリアムのジト目はとても可愛いのだから、仕方がない。

「可愛いは、ちょっと複雑、かも……？」

あまり嬉しくなさそうだったので、レティシアは慌《あわ》てて別の表現を模索する。

「では……ええと、愛らしい？」

「もっと複雑、かな」

これもだめみたいだ。では——と一生懸命言葉を探すが、適当な表現が他に思い浮かばなかった。

端《はた》で見ていた騎士たちがクスクスと笑いをこぼし、うちの一人が馬車の扉を開けた。

「仲がよろしいのは喜ばしいことですが、そろそろ出発いたしませんと。開演に間に合わなくなります」

「あ、そうでしたね。行こう、レティ」

午前中は歌劇を観《み》に行く予定だった。道中の混み具合によっては、午前の部に間に合わなくなるかもしれない。

臣下に促《うなが》され、二人は急いで馬車に乗り込んだ。

◇◇

人生初の歌劇は、心ときめくものだった。

題材となっているのは有名な童話で、レティシアも知っている物語だった。大まかな展開をわかっていても、心地よいテノールや圧巻のソプラノで演出されれば、たちまち舞台に引き込まれていった。

特別席で観劇を楽しんだ後、二人は王族馴染《なじ》みのレストランへ向かった。店の前で馬車が止まると、ウィリアムが先に降りた。差し伸べられた手を取ってレティシアも続くと。

「まぁ。ウィル様ではありませんか」

通りがかった女性が立ち止まり、声をかけてきた。近づいてくるのは、二十歳《はたち》ほどの貴族の女性だ。深紅《しんく》のドレスがよく似合う、派手な美貌をたたえた令嬢だ。買い物の途中なのか、彼女の後ろには包装された箱をいくつも抱《かか》えた、二人の侍女が控えていた。

面識はなかったが、誰かはわかった。国内の貴族の顔は記憶している。ラインフェルト侯爵家の次女、アナベルだ。年齢は確か十九歳のはずだが、随分《ずいぶん》と艶《あで》やかな人だ。

（ウィル様のご友人でしょうか？）

彼女は先ほどウィリアムを愛称で呼んだ。それなりに親しい間柄だと窺《うかが》える。

見上げた先で、ウィリアムが微笑んだ。レティシアに向けてくれていたものとは異なる。柔らかくはあっても他人行儀な、本音を悟らせない社交用の微笑み。

「奇遇ですね、ラインフェルト侯爵令嬢」

本当に、とアナベルが華やいだ笑みを浮かべた。

「迎えの馬車が一向に来なくてうんざりしていたのですけれど。まさかウィル様のご尊顔を拝せるだなんて、幸運でしたわ。ところで、そちらのご令嬢はどなたです？」

レティシアに視線が向く。値踏みするような眼差《まなざ》しだった。

「僕の婚約者である、アルトリウス公爵令嬢ですよ」

紹介されたレティシアは、公爵家の娘らしい優雅なお辞儀で応《こた》える。洗練された仕草に対して、浮かべた微笑みはちぐはぐに映るかもしれない。毎朝鏡の前で練習しているのだが、ぎこちなさは十分に自覚していた。

「あぁ、こちらが噂の。評判通りにお可愛らしい方ですこと。並ぶと兄妹のようで微笑ましいですわね」

――兄妹のよう。

（褒め言葉には聞こえませんん……）

婚約者と名乗っているのに兄妹のようという表現が、褒め言葉になるはずもない。どちらかといえば侮辱的な発言と取れた。

「こうしてご挨拶できたのですもの。以降、お見知りおきくださいな。ウィル様とは以前からとても親しくさせていただいておりますの。公爵令嬢とは共通の話題で盛り上がれるはずですわ」

（……純然たる嫌味ですわね）

ウィリアムに好意があるから、含みのある言葉を投げかけてくるのだろうか。

彼女がウィリアムの友人なら、レティシアもなるべく親しくしたい。嫌味に気づかなかったふりでもして流そうかな、と思っていたのだが、その前にウィリアムがかぶりを振った。

「侯爵令嬢とは夜会で幾度か挨拶をしたことがあるのは事実ですが、私的な会話すら交わした記憶がありませんよ。社交経験が豊富なあなたなら、それが親しいうちに入らないことはご存じでしょう。意図的に僕の婚約者を困惑《こんわく》させるのは控えていただきたいのですが」

どうやら友人ではないらしい。

「まぁ。失礼いたしました。私ったら気が利《き》かず。普段の癖《くせ》で……つい。婚約者の前ですもの。愛称は厳禁というもの。失言でしたわね。お許しください、ウィリアム様」

悪びれた様子がまったく見受けられず、レティシアはびっくりした。

アナベルの言を真に受けるなら、ウィリアムと彼女は愛称で呼ぶ仲ということになる。婚約者の前で呼ぶのは失言でしたね、と仄《ほの》めかしたのだから。

ウィリアムの人柄を考えれば、二人が本当に親しい間柄なら友人と紹介してくれるはずだ。嘘を吐《つ》き、堂々とウィリアムを翻弄《ほんろう》しようとする彼女の言動に、レティシアは驚いた。

「王太子として十分な自覚をお持ちのウィリアム様ですから、ままごと染《じ》みた婚約であってもお相手を尊重なさいますわよね。ウィリアム様のお年頃でしたら、女性的な魅力を持つ方に心惹《ひ》かれるでしょうに。同情いたしますわ」

憐憫《れんびん》の視線に、レティシアは目を丸くする。そういう見方もあるのか、と純粋に思った。

寮を出る前、姿見で見た自分の姿を意識する。亡き母の美貌を受け継いだレティシアの容姿は、可憐《かれん》と表現しても過言ではない、はず。

だが、十七歳のウィリアムから見て、可愛らしくはあっても異性として魅力的かどうかは別問題かもしれなかった。目の前の艶やかな令嬢に比べて、レティシアに色香《いろか》は皆無《かいむ》である。

加えて。普段のウィリアムへの接し方を思い返すと――。

(あら……？　わたくし、婚約者というより妹が近い、ような？)

彼女はただただレティシアに嫌味をぶつけたいだけかもしれないが。なかなかどうして、的《まと》を射《い》た指摘なのではないだろうか。

自己分析に没頭して、反応する余裕のないレティシアに代わって、ウィリアムが困り顔になる。

「僕が望んで、休日を婚約者と過ごしているんです。侯爵家の出であるあなたなら、王太子という肩書きを持つ僕の外出にどれだけの事前準備が必要かは、ご存じでしょう。時間をかけてでも、彼女と過ごしたいんです。邪推《じゃすい》が過ぎますよ」

窘《たしな》める声音はいつも通り穏やかなものだが、心中はどうだろう。

アナベルの指摘が一理あるとして、だ。それはそれとして、レティシアが逆の立場なら、婚約者を軽んじられたら不愉快な気持ちになる。ウィリアムだって、態度ほど心穏やかではないはずだ。

大通りには、ぽつぽつと人の姿がある。高級店が並ぶ通りだから、そのどれもが貴族であり、王太子に気づいてちらちらと好奇の目を寄越《よこ》してくる。中には足を止め、あからさまに聞き耳を立てている通行人もいた。

例えばここで、ウィリアムがアナベルに対して明確な嫌悪感を示したとする。娯楽に飢えている貴族というのは、噂話が大好きだ。今日の出来事は瞬《また》く間に社交界を駆け巡り、話題になることだろう。

王太子に嫌われたアナベルを自業自得だと失笑する者もいれば、王家が侯爵家を蔑《ないがし》ろにしていると、難癖《なんくせ》をつける者だって出てくる。ラインフェルト侯爵は財務省の重鎮。反感を買うと面倒だ。

自身の影響力をよく理解しているウィリアムは、感情任せに声を荒らげたりせず、冷静に対応しなくてはならない。その苦労を思うと、神経を使う会話がこれ以上続くのは気の毒だった。

アナベルはレティシアを子供だと小馬鹿にしている。それなら、幼さを武器にして強引に会話を終わらせてしまおう。

「殿下。わたくし、足が疲れてしまいました……。早く店内に入りませんか？」

遠慮がちにウィリアムの袖《そで》を引くと、アナベルがまあ、と頰に手を当てた。彼女は意地悪く、クスリと笑む。

「長々とした立ち話は酷でしたわね。私ったら、またも気が利かず。二年後、夜会でご挨拶するのを楽しみにしておりますわね、令嬢《レディ》」

優雅に一礼したアナベルは、侍女を引き連れて去っていった。ちらほらいた野次馬も、素知らぬ顔で解散していく。

ウィリアムが嘆息《たんそく》した。

「嫌な話を聞かせてごめんね、レティ。気にしないでね。彼女、最近婚約者と不仲らしくて……どこの社交場でも、あんな風に婚約者のいる女性に敵意を振り撒《ま》いていることで有名なんだ」

なるほど。ウィリアムに特別な好意があったというわけではなく。婚約者と円満な関係にある令嬢はみんな憎たらしく映る、と。ただの八つ当たりだったみたいだ。

腑《ふ》に落ちたが、レティシアは引っかかりを捨てきれないでいた。

おままごと。兄妹のよう。

（考えれば考えるほど、一理ある気がしてきます……）

ウィリアムまで困らせたアナベルの態度はどうかと思うが、耳を傾けるべき点もあった。

幼少の頃から、ウィリアムとの仲は良好だ。仲がいいのは素晴らしいことだと思っていたが——。レティシアは十四歳である。アナベルのような令嬢と比較して子供っぽく見えるのはどうしようもない。三つ年下の令嬢という点は、レティシアの努力でどうにかなるものではなく、何をどうしたって覆《くつがえ》せない要素だ。

しかし、だ。

今朝のあれこれを思い返す。挨拶で抱きついたり、褒めて褒めて、と催促《さいそく》したり。人目を気にしなくて済む場では、レティシアはだいたいあんな風である。

ウィリアムが許してくれるから甘えていたけれど、彼の目にはどのように映っているのだろう。

(振る舞いを、改めるべきなのでしょうか……)

幼い頃からの接し方を、なんの疑問も抱くことなく続けてきたわけだが。

(もしかすると、ウィル様もわたくしを妹のように思っていらっしゃったりするのでは……？)

可能性は十分にあった。どうして思い至らなかったのか。

学生という立場であっても、ウィリアムは王太子として社交をきっちりこなしている。休日や授業後に夜会に出席している彼のことだ。夜会はきっと、アナベルのような蠱惑《こわく》的な魅力を備えた華やかな令嬢で溢《あふ》れ返っている。そんな光景を見慣れていたら、相対的にレティシアは幼げに感じられてもおかしくはない。

「レティ？」

思案《しあん》にふけっていたレティシアは、ハッとする。覗き込んでくるウィリアムの瞳が心配そうに曇った。

「本当に、鵜呑《うの》みにしないでね？　真に受ける必要はまったくないから」

心当たりがあり過ぎて、難しい注文だった。わたくしは妹みたいでしょうか、と尋《たず》ねてみたい気持ちが拭《ぬぐ》いきれない。気にはなったが、せっかくのお出掛けなのだ。楽しい時間に水を差すような質問は投げかけたくなかった。

くすぶる疑念はひとまず胸の奥にしまっておくことに決めて、レティシアは心得ておりますわ、と微笑んだ。

◇◇

個室に運ばれてきた料理はどれも絶品だったが、デザートのケーキを前にして、レティシアは目を輝かせた。

磨き上げられた銀の器に載《の》っているのは、チョコレートケーキだ。三角でも四角でもなく、立体的なクマの形をしている。きめ細やかなチョコレートクリームで毛並みが再現されたケーキはテディベアみたいで、食べるのがもったいないくらいに愛らしい。

フォークとナイフを手に取ったレティシアは、ふと固まった。チョコチップでできたつぶらな瞳が、こちらを見ている。

ケーキの大きさは、レティシアのこぶし二つ分ほど。当然、切り分けないと食べられない。

脳天から真っ二つ。胸が痛む。一度横に倒して、胴体を一刀両断。それも、気が引けた。どう切り分けても、愛くるしい姿は無残なものとなってしまう。なんだか、可哀想な気がする。

うーん、と悩み、ああでもない、こうでもない、とナイフの角度を変える。すると、向かいに座ったウィリアムがはっと笑い声を上げた。運ばれてきたチーズケーキには手がつけられていない。彼はずっとレティシアを見守っていたようだ。ちょっぴり恨めしくなる。

「わたくしは本気で悩んでおりますのに……」

「いや、うん。そうだよね。でも、見てる方は可愛くて仕方ないというか。ケーキの切り方ですごく真剣に悩んでいるのが、微笑ましいなあって」

微笑ましい。レティシアはハッと気づいた。

(もしかすると、こういうところもよくないのでは……?)

こういった些細《ささい》な仕草が積み重なって、婚約者というより妹という表現が近い存在になってしまっているのではないだろうか。無意識というのは恐ろしい。やはり、普段からの振る舞いを改善すべきだろうか。

ウィリアムに可愛いと思われているのはもちろん嬉しい。だが、妹分に向けての愛情なら、複雑極まりない。

先ほどは楽しい空気に水を差したくはないと思ったが、このままではどうしたって物思いに沈んでしまう。一人で悩み続けて答えが出るものでもないから、ウィリアムに直接尋ねるのが最善だ。フォークとナイフを置いて、レティシアは居住まいを正した。まずは、ウィリアムの思い描く理想の婚約者像を確認してみよう。

「あの、ウィル様。今からするお話はあくまで、ただの喩《たと》えであって、深い意味はまったくないのですけれど」

念には念を入れた前置きに、ウィリアムがきょとんと目を瞬《またた》かせる。

「もし、ウィル様の婚約者が――」

アナベルのような色香のある女性が婚約者なら、嬉しかったりしますかという言葉を呑み込む。

異性としてレティシアに魅力があるかは怪《あや》しいもの。だが、婚約者としてウィリアムにはとても大切にしてもらっている。それなのに、他の女性が婚約者だったらという仮定を持ち出すのは、よくないことだと気づいたからだ。

ここはやはり、わたくしは妹のようですか、という点だけを確認するに留《とど》めておこう。そう思ったのだが――。

「ええと……わたくし、たまには可愛い以外の褒め言葉も聞けたら嬉しいなあ、と」

肯定された時のショックを想像したら、ものすごく遠回しな表現になってしまった。

ウィリアムが戸惑ったように瞬《まばた》きを繰り返す。発したレティシア自身ですら支離滅裂《しりめつれつ》さに頭を抱えたくなるのだから、彼が困惑するのは当然だった。

「ええと、ですね。今のは――」

噛み砕いて説明する前に、ウィリアムがクスリと笑んだ。意味深《いみしん》な微笑みは、レティシアの意図が伝わったのか伝わっていないのか、読むことが難しい。

ウィリアムがフォークを手に取った。そのまま、優雅な手つきでチーズケーキの先端を切り分け、フォークを刺す。

「あの、ウィル様……？」

なぜ急にケーキに手をつける気になったのだろう。ウィリアムの行動も謎である。

目が合うと、青空色の瞳が悪戯っぽくきらめいた。

「レティ、口を開けて？」

「はい？」

いきなり何を言いだすのだろう。小首を傾《かし》げるレティシアを、ウィリアムがほらほら、と急《せ》かしてくる。戸惑《とまど》いながら、とりあえず従ってみる。

おずおずと口を開くと、ケーキをひと欠片《かけら》、えいっと放り込まれた。テーブルマナーも何もあったものではない。王太子らしからぬ行いだった。個室に二人きりなので、咎《とが》める者はいないが。

柔らかな生地《きじ》が口の中でふわっと溶けていく。レモンの酸味と濃厚なチーズのコクがじんわりと広がる。

「どう？」

「とても、美味《おい》しいです」

「僕がラインフェルト侯爵令嬢との会話に困っていた時。レティが強引に話を終わらせたのは、僕を気遣ってくれたんだよね？」

話が急に変わったので、レティシアはますます戸惑う。ウィリアムの表情は真剣そのもの。先ほどまで悪戯っぽく輝いていた瞳に灯《とも》るのは、真摯《しんし》な色だ。

戸惑いながら、あの時のことを思い出す。

「ウィル様はお立場上、アナベル様を無下《むげ》にできません。かといって、あれ以上耳に入れたいお話ではないかと思いましたので」

「レティは、僕の気持ちに一生懸命寄り添おうとしてくれるよね。君と過ごす時間は僕にとって癒《いや》しみたいなもので、子供の頃からすごく好きな時間なんだ。こんな風に羽目を外せるのも、レティの前でだけだしね」

ウィリアムが柔らかく微笑んだ。

「いつもありがとう……っていうのは、褒め言葉に入らないかな？」

レティシアが気にしていたことに対する答えとは、ズレている。レティシアの投げかけた質問が本筋から逸れていたのだから、当たり前だ。ズレているのだけれど——。

自然と口元が綻んだ。レティシアはほわりと笑う。

「十分過ぎるほどの褒め言葉ですわ」

アナベルの発言から浮上した悩みはどうでもよくなってしまった。レティシアと過ごす時間が好きだということは、解釈を広げれば今のままでいいよ、ということにもなる。都合がよ過ぎる解釈かもしれないけれど。

よかった、とはにかむウィリアムを見て、もうそれでいいかな、と思った。

胸のつかえが下りたので、次の難題に挑む。愛くるしいケーキをどのように切り分けるべきか。

再びナイフを手にしたのと、ウィリアムが立ち上がったのは同時だった。

「ウィル様？」

「ごめん、ちょっと席を外すね。すぐに戻るから」

申し訳なさそうにそう言って、ウィリアムが個室から出ていく。言葉通り、彼はすぐに戻ってきた。

「どう切り分けるか、決まったかい？」

何事もなかったかのように、ウィリアムが首を傾げる。

「ひと思いに、胴体からいこうかと」

苦渋の決断だった。

深刻な調子のレティシアを、ウィリアムは可笑《おか》しそうに見守っているのだった。

◇◇

次の行き先は、王都の外れにある王家所有の宮殿だ。この時季の庭園は色鮮やかなチューリップ畑が見頃で、一般開放期間中は見物客で賑《にぎ》わう絶景スポットとして有名なほど。今は関係者以外立ち入り禁止なので、人目を気にする必要がない。静かな庭園をゆったり散策できるはずだった。

レストランを出ると、正面に馬車が用意されていた。

ウィリアムに手を貸してもらい、馬車に乗り込もうとしたレティシアはあら、と違和感に気づく。視線を巡らせて確認する。周囲に目を配っている護衛の騎士は、二人だけ。男性の騎士が一人減っていた。姿がどこにも見あたらず、レティシアは首を捻《ひね》る。

「レティ？」

差し伸べられた手をレティシアが一向に取らないので、ウィリアムが不思議そうに声を上げた。

「ゴードン卿《きょう》のお姿が見えないようですが……」

レティシアの疑問に、ウィリアムがああ、と相槌《あいづち》を打つ。

「僕が用事を頼んだんだ。心配いらないよ」

「もしかして、先ほど席を外されたのはそのためですか？」

正解、とウィリアムが首肯《しゅこう》する。

「ウィル様が頼んだ用事というのは……？」

「今は内緒。後でわかることだから」

唇の前で人差し指を立て、ウィリアムは意味深に微笑んだ。

◇◇

花盛りを迎えたチューリップ畑の景色を堪能《たんのう》し、日が傾き始める前に宮殿を後にしたものの、学園に到着した時にはすっかり日が暮れていた。辺りは真っ暗だ。

馬車から降りたレティシアは、外灯に照らされた通りに佇む騎士の姿に気づいた。途中から別行動をしていた騎士だった。男の手は花束で塞《ふさ》がっていた。彼はそれを、ウィリアムへと手渡す。

ご苦労様です、と微笑んだウィリアムがこちらを振り返った。

「今日のために注文しておいたこれを、取りに行ってくれていたんだ。遅くなってしまったけど。入学おめでとう、レティ」

ふわりと華やかな香りが漂う。外灯に照らし出された花束は、ピンクのチューリップやスイートピーが使われた可愛らしいものだ。

お礼と共にレティシアが花束を受け取り、今日はこれで解散となった。慣れない外出で疲れが見えるレティシアへの気遣いだろう。お別れはあっさりとしたものだった。

寮に帰ったレティシアは、明るい廊下で改めて花束を見下ろし、うーんと唸《うな》る。

「この花束は、どのように解釈すべきなのでしょうか……」

ピンクのチューリップやラナンキュラス、オレンジのスイートピー。可愛らしいだけでなく、入学のお祝いに相応《ふさわ》しい花々で作られている。入学祝いを意識して選ばれた花たち。

ただそれだけの話かもしれないが、やはりウィリアムはレティシアを子供扱いしている気もした。もう気にしないと決めたのに、こんな些細なことで拗《す》ねたくなってしまう自分が情けない。花束を贈られたこと自体はとても嬉しいのに。

出迎えてくれた侍女に生けておいてくださいな、と花束を渡したレティシアは、ドレスを脱ぎ、部屋着に袖を通したところで力尽きた。疲労が一気に押し寄せてきて、ソファから立ち上げるのが億劫《おっくう》になる。夕食を摂《と》りに食堂に向かう気力がなかなか湧いてこなかった。

花束を花瓶に移し替えるため、テキパキと動き回る侍女をぼんやりと眺める。そうしてしばらく侍女の動きを目で追っていたレティシアはやがて、あっと気づいた。

「待ってちょうだい」

侍女が怪訝《けげん》な顔になる。レティシアは侍女の手から花を一輪だけ抜き取った。

束ねてあった時は埋もれていてわからなかったが、明らかに浮いている花が一輪あるのを見つけたからだ。

レティシアが抜き取ったのは、黄色のデイジーだ。デイジーはその一輪だけ。明らかに意図あってのものだ。花言葉は教養として頭に入っている。

黄色のデイジーの花言葉は――ありのまま。

くるりと侍女に背を向けて、レティシアはふふっと笑みをこぼした。

「……都合のよい解釈、というわけではなかったのですね」

花束は今日のために注文しておいた、とウィリアムが口にしていた。だが、それならわざわざ食事中に席を外して騎士に取りに行くよう伝える必要はない。今日の外出は、事前に入念な打ち合わせを行っている。王族の外出なのだから、当然だ。予定を立てた際に、花束をどのタイミングで取りに行くかまで口頭《こうとう》で相談していたはず。

あの時ウィリアムが頼んだ用事というのは花束を取りに行ってくれないか、ではなく。きっと、事前に注文しておいた花束にこの一輪を追加してほしい、だ。

ウィリアムはレティシアの心中を見抜いていたのだろう。

都合のよい解釈ではなく。レティシアとの時間が好きだと言ってくれたのは、レティは今のままでいいよ、という意味が込められていたのだ。レティシアが遠回しな質問をしたから、彼も直接は言葉にしなかったのだろうか。真意はわからないけれど、この花束は背伸びしなくていいよというメッセージに思えた。

ウィリアムがそのままのレティシアでいいと言うのなら、遠慮なく甘えさせてもらおう。

# あとがき

はじめまして。雪菜《せつな》と申します。

この度は『わたくしの婚約者様はみんなの王子様なので、独り占め厳禁とのことです』をお手に取っていただき、誠にありがとうございます。

本作はＷＥＢ小説投稿サイトにて連載していた作品を改稿したものです。物語の展開が大きく異なっていたり、レティとウィルの仲良しなシーンが増えていたりと、ＷＥＢ版とはまた違った内容をお楽しみいただければ幸いです。

イラストを担当してくださったｗｈｉｍｈａｌｏｏｏ《ウィムハルー》様、キャラクター造形が独特な上、デザインの指定も曖昧《あいまい》で多大な負担をおかけしてしまったことと思います。作者を超える解像度の高さでレティやウィルたちを描いてくださり、感謝の念に堪《た》えません。本当にありがとうございました。

また、はじめての書籍化作業で不慣れな中、優しくご教示くださった担当様、本作の出版に携わってくださった全ての方々に心より感謝申し上げます。

そして、ＷＥＢ版の本作を応援してくださっていた読者様。書籍化のお話をいただけたのは皆さまのおかげです。連載中は皆さまの応援が心の支えであり、執筆の励みとなっておりました。この場を借りてお礼申し上げます。本作を読んでくださり、本当にありがとうございます。

あとがきを執筆している今でも本作が書籍として出版されるという現実感がなく、不思議な気持ちでいっぱいなのですが、最後まで読んでくださった皆さまに少しでも楽しんでいただける物語となっていることを祈っております。

それでは、またお会いする機会がありましたら、何卒《なにとぞ》よろしくお願い申し上げます。

Dノベルf

# わたくしの婚約者様はみんなの王子様なので、独り占め厳禁とのことです

雪菜

2023年12月10日　第1刷発行

★定価はカバーに表示してあります

発行者　瓶子吉久
発行所　株式会社　集英社
〒101－8050　東京都千代田区一ツ橋2－5－10
03(3230)6229(編集)
03(3230)6393(販売／書店専用)　03(3230)6080(読者係)
印刷所　TOPPAN株式会社
編集協力　加藤　和



ISBN978-4-08-632019-1　C0093


作品のご感想、ファンレターをお待ちしております。

あて先

〒101－8050　東京都千代田区一ツ橋2－5－10
集英社ダッシュエックスノベルf編集部　気付
雪菜先生／whimhalooo先生